O médico das termas

OBRAS DO AUTOR PUBLICADAS PELA EDITORA RECORD

Crônicas de uma vida de mulher
O caminho para a liberdade
O médico das termas

AS GRANDES OBRAS DE

ARTHUR SCHNITZLER

ORGANIZAÇÃO E TRADUÇÃO DE **MARCELO BACKES**

O médico das termas

EDITORA RECORD
RIO DE JANEIRO • SÃO PAULO
2011

CIP-Brasil. Catalogação-na-fonte
Sindicato Nacional dos Editores de Livros, RJ

S387m Schnitzler, Arthur, 1862-1931
O médico das termas / Arthur Schnitzler; tradução de Marcelo Backes.
— Rio de Janeiro : Record, 2011.
(As grandes obras de Arthur Schnitzler)

Tradução de: Doktor Gräsler, Badeartz
ISBN 978-85-01-08792-8

1. Romance austríaco. I. Backes, Marcelo. II. Título. III. Série.

10-1213 CDD – 833
CDU – 821.112.2-3

Título original em alemão:
DOKTOR GRÄSLER, BADEARTZ

GOETHE-INSTITUT

A tradução deste livro contou com o subsídio do Instituto Goethe, que é financiado pelo Ministério Alemão das Relações Exteriores

O tradutor agradece a colaboração quase onipresente de Renate Birkenhauer, com quem costuma se encontrar na Academia Europeia de Tradutores, em Straelen, ou via skype para discutir questões relativas à literatura e à tradução.

Projeto gráfico da coleção: Estúdio Insólito

Editoração eletrônica: FA Editoração

Texto revisado segundo o novo Acordo Ortográfico da Língua Portuguesa.

Impresso no Brasil

ISBN 978-85-01-08792-8

Seja um leitor preferencial Record.
Cadastre-se e receba informações sobre nossos lançamentos e nossas promoções.

Atendimento e venda direta ao leitor
mdireto@record.com.br ou (21) 2585-2002

CÓPIA NÃO AUTORIZADA É CRIME
ABDR
ASSOCIAÇÃO BRASILEIRA DE DIREITOS REPROGRÁFICOS
RESPEITE O DIREITO AUTORAL
EDITORA AFILIADA

I.

O NAVIO ESTAVA PRESTES A ZARPAR. O doutor Gräsler, de roupa escura, sobretudo cinzento aberto e fita negra no braço, se encontrava em pé no convés; à sua frente, de cabeça descoberta, estava o diretor do hotel, cujo cabelo castanho, dividido ao meio e penteado liso, mal se movia apesar do vento brando do litoral.

— Querido doutor — disse o diretor com o tom desdenhoso que lhe era peculiar, e que ao doutor Gräsler sempre parecera tão desagradável —, eu repito, nós damos sua volta como certa e fazemos questão de ter o senhor conosco no próximo ano, apesar do infortúnio lamentável que o atingiu enquanto esteve por aqui.

O doutor Gräsler nada respondeu, apenas voltou os olhos úmidos para a beira da ilha, onde o prédio imponente do hotel, com as venezianas brancas trancadas devido ao sol, luzia de modo ofuscante; em seguida, seu olhar passeou em frente, sobre as casas amareladas e adormecidas, os jardins antiquados, que se arrastavam pesadamente estrada acima, sob o calor vaporoso da tarde, até chegar aos restos escassos e remotos do muro que coroava a colina.

— Nossos hóspedes — prosseguiu o diretor —, dos quais alguns deverão regressar no próximo ano, aprenderam a estimar o senhor, caro doutor, de modo que esperamos confiantes que a pequena mansão — e ele apontou uma casinha clara e simples nas vizinhanças do hotel —, apesar da triste recordação que encerra para o senhor, volte a abrigá-lo, tanto mais pelo fato de não podermos deixar o número quarenta e três à sua disposição durante a alta temporada, por motivos que aliás são bastante compreensíveis.

E quando Gräsler sacudiu a cabeça, sombrio, para em seguida passar a mão esquerda nos cabelos duros, louros, um tanto grisalhos, depois de tirar o chapéu preto...

— Oh, meu caro doutor, o tempo opera milagres. E se o senhor por acaso teme em demasia ficar só na pequena casa branca, há um meio dos mais eficazes contra isso. Traga consigo, da Alemanha, uma dessas mulheres pequenas e simpáticas.

E já que Gräsler apenas respondera à proposta com um tímido voltar de olhos, o diretor prosseguiu, vivaz, quase imperativo:

— Ora, por favor, dez contra um. Uma dessas mulheres simpáticas, pequenas e louras... Aliás, ela também pode ser morena; é a única coisa que falta para a perfeição do senhor.

O doutor Gräsler ergueu as sobrancelhas, como se seus olhos perseguissem imagens fugidias do passado.

— Pois bem, seja como for — concluiu o diretor em voz afável —, assim ou assado, solteiro ou casado, o senhor será sempre bem-vindo por aqui. E no dia 27 de outubro, conforme o combinado, se é que me permite repetir o pedido, não é verdade? Caso contrário, devido às ligações navais, que continuam deficientes apesar dos nossos esforços, o senhor poderia chegar apenas dia 10 de novembro, o que, uma vez que abrimos já no dia primeiro — e mais uma vez ele assumia aquele tom rangente de coronel, que o doutor já não suportava mais —, não seria exatamente desejável para nós.

Em seguida ele sacudiu a mão do doutor de modo bastante enérgico — hábito que havia trazido dos Estados Unidos —, trocou um cumprimento fugaz com um oficial do navio que acabava de passar por eles, apressou-se em descer as escadas, e em pouco tempo podia ser visto sobre a ponte de embarque, de onde voltou a inclinar a cabeça em direção ao doutor, que ainda continuava em pé, melancólico, chapéu nas mãos, junto ao parapeito do convés. Poucos minutos depois, o vapor se afastava do cais.

Durante a viagem de volta, favorecida pelas excelentes condições meteorológicas, as palavras de despedida pronunciadas pelo diretor passaram pela cabeça do doutor Gräsler um sem-número de vezes. E quando, após o meio-dia, ele fazia a sesta no convés de passeio, estirado em sua confortável espreguiçadeira, a manta escocesa estendida sobre os joelhos, por vezes lhe aparecia à mente, semelhante a uma imagem onírica, uma mulher bonita e roliça, em um vestido de verão branco, pairando em meio à casa e ao jardim, com as faces avermelhadas de um rosto de boneca; de alguma maneira, ela lhe parecia conhecida; não da realidade, mas talvez de um livro de imagens ou de uma crônica familiar ilustrada. Contudo, esse ser onírico tinha o poder misterioso de espantar o fantasma de sua irmã morta, de modo que a última parecia ter sumido do mundo havia bem mais tempo e por assim dizer de um modo mais natural do que havia acontecido na realidade. Claro que também houve horas bem diferentes, despertas, e pesadas na recordação, nas quais o acontecimento terrível era vivenciado como algo presente, com uma nitidez insuportável.

A desgraça havia sucedido uma semana antes de o doutor Gräsler deixar a ilha. Assim como às vezes lhe acontecia, ele estava no jardim, após o almoço, cochilando sobre seu jornal de medicina; e, quando acordou, viu na sombra alongada da palmeira — entrementes ela havia passado sob seus pés e chegado além da extensão do caminho de saibro — que sua soneca durara pelo menos duas horas, coisa que o deixou desgostoso, porque em seus 48 anos ele se sentia tentado a interpretar o acontecido como um sinal de diminuição do frescor de sua juventude. Levantou-se, enfiou o jornal no bolso e, sentindo no coração uma saudade vivaz dos ares primaveris e rejuvenescedores da Alemanha, passeou devagar em direção à pequena casinha, que ele habitava junto com a irmã, poucos anos mais velha. Em uma das janelas viu a irmã, em pé, coisa que lhe chamou a atenção, uma vez que no mormaço da hora as venezianas de todas as outras casas costumavam permanecer bem trancadas; e, ao se aproximar mais um pouco, percebeu que Friederike não sorria para ele, conforme acreditara ter percebido de longe, mas sim que se encontrava de costas voltadas para a janela, em posição absolutamente imóvel.

Com uma impaciência que nem ele mesmo compreendia, apressou-se a entrar em casa, correndo em direção à irmã — que ainda parecia estar encostada à janela sem se mexer —, para só então constatar com horror que sua cabeça pendia sobre o peito, seus olhos se encontravam arregalados e em volta de seu pescoço se enrodilhava um barbante, preso à reixa da janela. Ele chamou o nome de Friederike em voz alta, mas ao mesmo tempo buscou o canivete e cortou o laço, sentindo o corpo cair pesadamente e afundar entre seus braços. Em seguida chamou pela empregada, que veio da cozinha e nem de longe parecia se dar conta do que havia acontecido; ajudado por ela, deitou a irmã sobre o divã e de imediato passou a empreender todas as tentativas de reanimação, que lhe eram familiares devido à atividade profissional. Enquanto isso, a empregada havia corrido em busca do diretor; quando este chegou, porém, o doutor Gräsler acabava de constatar a inutilidade de todos os seus esforços, caindo sobre os joelhos, esgotado e perplexo, junto ao corpo de sua irmã.

No princípio, ele tentou em vão encontrar uma explicação para o suicídio. A possibilidade de a moça séria, que envelhecia sem perder a honra, com a qual ele ainda havia conversado de modo tão inocente a respeito da volta iminente durante o último almoço, ter enlouquecido de uma hora para outra não era nem um pouco provável. Parecia muito mais próxima a hipótese de Friederike já carregar pensamentos suicidas consigo há bastante tempo, talvez anos, e por um motivo qualquer ter considerado adequado justamente o remanso daquela hora após o meio-dia para encaminhar o plano amadurecido lentamente tanto tempo antes. Que em seu humor sempre calmo poderia se esconder uma suave melancolia até passou pela cabeça do irmão algumas vezes, de maneira fugidia, ainda que ele, ocupado por demais com os afazeres de sua profissão, jamais tenha mostrado cuidado em se preocupar de maneira mais decisiva com isso. Verdadeiramente feliz — mas isso apenas lhe vinha à consciência pouco a pouco agora —, ele mal se lembrava de tê-la visto depois da infância.

De seus anos de moça, ele não sabia quase nada, uma vez que havia passado praticamente toda essa época em viagens pelo mar, na condição de médico de bordo. Quando, havia 15 anos, pouco depois de o irmão ter pedido demissão do Lloyd, ela enfim deixara a casa paterna na pequena cidade, após o falecimento de ambos os pais, ocorrido um após o outro, para se juntar a ele a fim de segui-lo na condição de governanta pelos diversos lugares em que morou, ela passara havia tempo a fronteira dos 30 anos; seu semblante, todavia, conservava a graça juvenil e seus olhos mantinham um brilho tão enigmaticamente negro que não lhe faltaram as homenagens, a ponto de Emil, por vezes não sem ter motivos, ter chegado a temer que ela poderia lhe ser arrancada por algum pretendente e levada a um casamento tardio. Quando também as últimas perspectivas nesse sentido desapareceram com os anos, ela pareceu ter se acomodado a seu destino sem a menor queixa, embora o irmão acreditasse lembrar agora de um ou outro olhar mudo vindo dos olhos dela, que se dirigia a ele carregando consigo uma leve acusação, como se também ele fosse, de um jeito ou de outro, responsável pelo infortúnio de sua existência.

Parecia que a consciência de uma vida jogada fora com o passar dos anos havia chegado à tona de maneira cada vez mais decidida no interior dela, tanto mais pelo fato de ela nunca desabafar a respeito, para enfim fazer com que preferisse um fim rápido à tortura corrosiva de semelhante descoberta. Com o ato, ela obrigara o irmão desprevenido à necessidade de assumir uma vida nova, com novos hábitos, e a se preocupar com questões de economia doméstica às quais sempre se sentira pouco inclinado, e das quais até agora havia sido poupado pela presença providencial de Friederike...

E, nos últimos dias da viagem de navio, salvo todo o luto, um sentimento frio, mas de alguma forma consolador, de estranhamento em relação à extinta, que o deixara sozinho e completamente desprevenido sobre a Terra, perpassou seu coração.

2.

DEPOIS DE UMA CURTA PERMANÊNCIA EM BERLIM, durante a qual se apresentou a um bom número de catedráticos da área clínica, dispondo-se a trabalhar no período balneário que principiava, o doutor Gräsler chegou, em um belo dia do mês de maio, à estação de águas da cidadezinha localizada em uma colina e cercada pela floresta, na qual havia seis anos costumava exercer a clínica médica durante o verão. Ele foi cumprimentado pela dona da casa, a viúva já entrada em anos de um comerciante, com condolências cordiais, e alegrou-se com as singelas flores-do-campo que ela havia providenciado, a fim de enfeitar a moradia para recebê-lo.

Adentrou com receio o pequeno quarto, que no ano anterior havia sido habitado pela irmã, mas não chegou a sentir a comoção profunda que temera sentir. No mais, a nova vida principiou de modo até bem razoável. O céu era sempre de uma claridade suave, o ar tépido e primaveril; e, por vezes, durante o desjejum na pequena sacada em que ele agora se via obrigado a servir seu café sozinho, usando o bule branco de flores azuis sobre a mesa posta com asseio, que reluzia ao sol da manhã, uma sensação de bem-estar tomava conta dele, e isso não havia acontecido jamais na companhia de sua irmã, pelo menos nos últimos anos. As outras refeições, ele as tomava no vistoso restaurante principal do lugarejo, na companhia de alguns dos cidadãos respeitados, que ele já conhecia de outras épocas, e com os quais por vezes chegava a bate-papos dos mais agradáveis. O trabalho no consultório se mostrou promissor, sem que algum caso lhe oferecesse dificuldades de caráter especial e sobrecarregasse em demasia seu sentimento de responsabilidade médica.

E, assim, o princípio do verão passou sem acontecimentos dignos de nota, até que em um entardecer de julho, depois de um dia bastante trabalhoso, o doutor Gräsler foi chamado por um mensageiro, que logo se afastou às pressas, à casa do chefe da guarda-florestal, que se localizava distante da cidadezinha a uma boa hora de coche. O doutor não ficou nem um pouco feliz com isso, assim como jamais manifestou nenhuma preferência de caráter especial pelos doentes locais, cujo tratamento não era capaz de lhe trazer nem muita fama, nem muito dinheiro. Mas quando, fumando um bom charuto, subia de coche pela estradinha agradável, no ar ameno do anoitecer, passando entre as belas casas de campo, depois entre prados amarelecidos, já frescos por causa da sombra das colinas, para ao fim adentrar a floresta de faias imensas, sentiu-se bem; e quando avistou a casa da guarda-florestal, cuja localização privilegiada e encantadora ainda permanecia em sua lembrança de passeios feitos em anos anteriores, ele quase lamentou o fato de a viagem ter demorado tão pouco.

Mandou o coche parar à beira da estrada e subiu a pé o estreito caminho de relva, entre pinheiros jovens, em direção à moradia, que com suas janelas cintilantes, uma cornadura monumental sobre a estreita porta de entrada e o sol do entardecer sobre as telhas avermelhadas, cumprimentou-o em tom amistoso. Quando estava sobre os degraus de madeira do terraço lateral, impressionantemente espaçoso se comparado ao tamanho da casa, veio a seu encontro uma moça, que já à primeira vista lhe pareceu conhecida. Ela estendeu-lhe a mão e informou que sua mãe estava adoentada, sentindo dores de estômago.

— E agora ela já está dormindo, bem tranquila, há uma hora — prosseguiu ela, contando. — A febre parece ter diminuído. Às 16 horas ainda eram 38,4. E uma vez que ela se sentia mal desde ontem à noite, eu tomei a liberdade de chamá-lo até aqui, senhor doutor. Espero que não seja nada de mais grave.

E ela o olhou nos olhos, humilde e implorante, como se o desenvolvimento posterior do caso dependesse da decisão dele.

Ele retribuiu o olhar com uma seriedade adequada, mas amena. Sim, ele a conhecia. Já a encontrara algumas vezes na cidadezinha, mas sempre a tomara como sendo uma das veranistas que por ali passavam.

— Pois bem, se a senhora sua mãe agora dorme tranquilamente — disse ele —, não haverá de ser nada de mais grave. Talvez fosse bom se a senhorita pudesse ser mais precisa, dizendo mais alguma coisa a respeito do mal-estar, antes que despertemos a doente sem a menor necessidade.

Ela o convidou a continuar o passeio, adiantou-se a ele em direção à varanda e lhe ofereceu uma cadeira, parando junto aos pilares da porta aberta, que levava ao interior da casa. Mostrando uma objetividade das mais severas, ela descreveu a evolução da doença; ao concluir, não deixou no doutor Gräsler a menor dúvida de que não se tratava de nada a não ser um passageiro mal-estar estomacal. Em todo caso, ele sentiu-se obrigado a dirigir à moça todo o tipo de perguntas medicinais, e ficou surpreso com o modo absolutamente imparcial com que ela comunicava e esclarecia procedimentos naturais, mostrando uma segurança que ele não estava acostumado a constatar em jovens lábios femininos.

Enquanto escutava, o doutor perguntou a si mesmo, de passagem, se ela teria sido capaz de se expressar com a mesma segurança diante de um médico mais jovem. Ela parecia, segundo seus cálculos, mal ter 25 anos, não fossem seus olhos grandes e tranquilos, que emprestavam a seu semblante uma expressão de mais maturidade. Nas tranças loiras e presas no alto da cabeça, ela carregava um pente de prata, sem enfeites. Suas vestimentas eram simples e bastante rústicas; mas o cinto branco era ornado por uma fivela dourada. O que mais chamou a atenção do doutor, chegando a lhe parecer suspeito, inclusive, foram os sapatos marrom-claros, muito elegantes, de couro selvagem, que combinavam à risca com a cor das meias.

Mas ela ainda não chegara ao fim com seu relatório — e o doutor Gräsler com suas considerações —, quando se ouviu uma voz vinda do interior da casa, chamando "Sabine". O doutor levantou-se, a moça lhe mostrou o caminho através da sala de jantar espaçosa, já semiescura, em direção ao quarto contíguo, mais claro, dentro do qual, sobre uma das duas camas, uma touca branca sobre a cabeça, vestida com um casaco branco de pijama, estava a doente, sentada ereta, olhando aquele que entrava com olhos um tanto espantados, mas de resto bem vivazes, quase divertidos até.

— O senhor doutor Gräsler — apresentou Sabine, e foi às pressas para a cabeceira da cama, tocando carinhosamente a testa da mãe com a mão.

A mulher, que não parecia muito idosa e era robusta e amável, sacudiu a cabeça, mostrando desaprovação.

— Muito prazer em conhecê-lo, senhor doutor — disse ela —, mas por que, minha criança...

— Parece mesmo — observou o doutor ao tomar a mão oferecida pela paciente, tocando, no mesmo instante, seu pulso — que eu sou completamente dispensável aqui, tanto mais pelo fato de que a senhorita sua filha — ele sorriu com finura — parece dispor de conhecimentos medicinais bem espantosos. Mas já que estou aqui, não é verdade...

E, enquanto a mulher encolhia os ombros, querendo mostrar-se conformada com seu destino, ele passou aos detalhes de seu exame, que Sabine seguia atenciosamente com os olhos tranquilos. Depois de pronto, ele pôde de fato tranquilizar tanto a paciente quanto sua filha, na medida em que isso ainda se fazia necessário. As dificuldades apareceram, todavia, quando o doutor Gräsler quis prescrever uma dieta severa à doente para os próximos dias. A mulher se recusou a aceitar a recomendação de maneira terminante. Afirmou que, quando era mais jovem, havia curado bem rapidinho tais achaques, que ela caracterizava como nervosos, justamente pelo consumo de carne de porco com chucrute e um determinado tipo de salsichas, que aqui — ela o lamentava — era impossível de ser encontrado; e apenas dessa vez havia permitido que Sabine a convencesse a não tomar um almoço mais generoso, coisa que bem provavelmente havia piorado a situação e acarretado a febre.

O doutor, que no princípio pôs as observações na conta de uma brincadeira, reconheceu no decorrer da conversa que essa mulher, ao contrário de sua filha, tinha concepções das mais laicas, até heréticas acerca da ciência medicinal; o mesmo foi confirmado pelas observações jocosas acerca das fontes curativas da cidadezinha de águas termais, a respeito das quais a mulher não se cansava de fazer chacota. E, assim, ela afirmou que as garrafas de água destinadas à exportação eram enchidas com água de poço da mais comum, e que a essa água eram acrescentados sal, pimenta e, ao que tudo indica, mais uma série de temperos inimagináveis, fazendo com que o doutor Gräsler, que sempre havia feito parte dos que divulgavam a fama das estações termais nas quais ele por ora tinha seu consultório, sentindo-se corresponsável pelos sucessos e fracassos do lugar, não conseguisse esconder de todo um certo melindre. De qualquer forma, ele não contestou a mãe de maneira mais séria, satisfazendo-se em trocar com a filha um olhar sorridente e cheio de compreensão, com o qual julgava ter preservado seu ponto de vista de forma honrosa e satisfatória.

Quando chegou ao ar livre acompanhado por Sabine, ele acentuou mais uma vez o caráter completamente inofensivo do caso, com o que a moça se pôs de inteiro acordo; de qualquer maneira, conforme ela acrescentou, era necessário conceder uma atenção bem maior a achaques. Se em gente jovem eles na verdade não tinham a menor importância, quando se tratava de pessoas já entradas em anos era necessário tomar cuidado; e só por isso ela, também devido à ausência de seu pai, sentira-se obrigada a chamar a presença do doutor.

— O senhor seu pai ao que parece se encontra em uma viagem de inspeção? — observou o doutor Gräsler.

— Como assim, senhor doutor?

— Em uma viagem de inspeção através dos territórios de caça, quero dizer?

Sabine sorriu.

— Meu pai não é guarda-florestal. E esta não é, aliás já há tempo, a casa da guarda-florestal. É apenas seu nome, porque até seis ou sete anos atrás morou aqui o chefe da guarda-florestal dos territórios de caça do príncipe. Mas assim como ainda se chama a esta casa de casa da guarda-florestal, assim também ainda chamam a meu pai de guarda-florestal na cidade, ainda que ele jamais tenha sido qualquer coisa semelhante em sua vida.

— A senhorita é filha única? — perguntou o doutor Gräsler, enquanto ela, como se isso fosse a coisa mais natural do mundo, acompanhava-o pelo caminho estreito, sob os pinheiros jovens, em direção à estrada.

— Não — ela respondeu. — Eu tenho ainda um irmão. Mas ele é muito mais jovem do que eu; tem apenas 15 anos. Naturalmente ele fica correndo pela floresta o dia inteiro, quando está de férias. Por vezes chega a dormir ao ar livre.

E quando o doutor sacudiu a cabeça, um tanto pensativo, ela acrescentou:

— Oh, mas não há o menor problema, eu mesma fiz isso algumas vezes quando era mais jovem. Não muitas vezes, claro.

— Mas por certo apenas em lugares bem próximos da casa — indagou o doutor, levemente preocupado — e — prosseguiu ele, hesitante — quando era menina?

— Não, eu já tinha 17 anos quando viemos morar nesta casa. Antes disso não morávamos nessa região, mas sim na cidade... em diferentes cidades.

Uma vez que ela se mostrava tão precavida nas respostas, o doutor julgou adequado não continuar com as perguntas. Eles chegaram à beira da estrada. O cocheiro estava pronto a partir. Sabine estendeu a mão ao doutor. Ele sentiu necessidade de dizer ainda uma palavra.

— Se não me engano, já nos encontramos algumas vezes na cidade, não?

— Claro, senhor doutor. Eu também já conheço o senhor há tempo. Na verdade, às vezes passam semanas inteiras sem que eu desça. Mas no ano passado cheguei a conversar com a senhorita sua irmã, bem rapidamente, na loja do senhor Schmidt. Ela com certeza veio de novo junto com o senhor, não?

O doutor fitou o chão a sua frente. Seus olhos alcançaram por acaso os sapatos de Sabine e logo seguiram adiante.

— Minha irmã não veio comigo — disse ele. — Ela morreu há três meses, em Lanzarote.

Ele sentiu o coração dolorido; mas o fato de ter achado oportunidade de pronunciar o nome da ilha distante trouxe-lhe um tantinho de satisfação.

Sabine disse "Oh!" e mais nada. Depois disso os dois ficaram parados em silêncio por um instante, até que o doutor Gräsler obrigou suas feições a um sorriso algo formal, estendendo a mão a Sabine.

— Boa noite, senhor doutor — disse ela, séria.

— Boa noite, senhorita — respondeu ele, subindo ao coche.

Sabine ainda ficou em pé, imóvel, por um instante, até o coche pôr-se em movimento, e em seguida virou-se para retornar. O doutor Gräsler olhou em direção a ela. Com a cabeça levemente abaixada, sem se voltar, ela caminhou em meio aos pinheiros buscando a casa, na qual um raio de luz cintilava, caindo sobre o caminho. Uma curva na estrada e a imagem havia desaparecido. O doutor recostou-se ao banco e levantou os olhos para o céu fresco do entardecer, suspenso sobre ele e tomado por raras estrelas.

Pensou em tempos distantes, em dias mais jovens e serenos, quando não poucos seres agradáveis ouviram, cheios de amor, o que ele dizia. Primeiro lembrou-se da viúva de um engenheiro, do Rio de Janeiro, que viajava no vapor em que ele fazia as vezes de médico de bordo, e que havia deixado o navio em Lisboa, alegando ir fazer compras na cidade... e que, apesar de ter um bilhete válido até Hamburgo, jamais retornara a bordo. Ainda a via diante de si, como ela lhe acenou amistosa em seu vestido negro, de dentro do coche que a levaria do porto à cidade, e como ela sumira de seus olhos para a eternidade na esquina de uma rua qualquer. Pouco depois pensou na filha do advogado de Nancy, com a qual havia noivado em Sankt Blasien, o primeiro lugar em que exercera sua atividade de médico de estação de águas e que de repente, devido a um processo importante que envolvia seus pais, teve de viajar de volta à França, ficando a lhe dever, até o presente dia, a notícia de sua chegada, assim como toda e qualquer outra notícia. Também pensou na senhorita Lizzie, de seus tempos de estudante berlinense, que chegara a se ferir com um tiro por causa dele, e se lembrou de como ela lhe mostrara o local sobre seu seio esquerdo com relutância, e como ele não sentira um rastro sequer de comoção, mas apenas uma espécie de incômodo e tédio. Também pensou na simpática e caseira Henriette, que durante anos, ao retornar para Hamburgo de suas viagens marítimas, ele sempre reencontrava na casa pequena em que ela morava, situada no alto da montanha, com a bela vista para o Alster. Ela se mostrava sempre tão serena, tão inofensiva e tão pronta como quando a deixava... sem que ele, uma vez sequer, tivesse ficado sabendo ou até mesmo se preocupasse um pouquinho que fosse em saber o que ela fazia e o que vivenciava durante as épocas em que ele estava em viagem. E outras coisas passaram por sua cabeça, entre elas algumas nem um pouco agradáveis e outras até impensáveis, que hoje em dia ele nem sequer entendia ao certo como havia podido encarar; em suma, porém, permanecia triste o fato de a juventude ter ficado para trás, e com ela o direito de ainda esperar da vida alguma coisa interessante.

O coche atravessava os campos e as colinas se elevavam, escuras, mais altas do que de dia; das pequenas casas cintilavam luzes que vinham até ele; em uma sacada recostavam-se, mudos, fundidos um ao outro de maneira mais íntima do que o fariam à luz do dia, um homem e uma mulher. De uma varanda, onde um pequeno grupo sentava para o jantar, ouviu conversas altas e risadas.

O doutor Gräsler passou a sentir as reclamações do apetite, alegrou-se com o jantar, que ele costumava tomar no Leão Prateado, e instou o cocheiro vagaroso a ter mais pressa. Já à mesa dos convivas, onde encontrou seus conhecidos todos sentados, à espera, ele resolveu beber um copo de vinho a mais do que costumeiramente bebia, porque — conforme sabia desde jovem —, em tal estado de atordoamento imperceptível, a vida lhe parecia mais doce e mais fácil.

No princípio, tinha a intenção de contar sua visita à casa da guarda-florestal; mas por um motivo qualquer, que não chegou a lhe ficar claro, deixou a história de lado. Contudo, o vinho falhou em seus efeitos naquele dia. O doutor Gräsler inclusive levantou-se da mesa mais melancólico do que estava ao sentar-se a ela, e dirigiu-se para casa com uma leve dor de cabeça.

3.

NOS DIAS SEGUINTES, o doutor Gräsler aproveitou, bem mais do que normalmente fazia, as oportunidades que surgiam para percorrer a estrada principal da cidadezinha, na esperança incerta de encontrar Sabine. Certa vez, tomado de um pressentimento, chegou a deixar o trabalho durante a hora das consultas, ao ver que a sala de espera casualmente estava vazia, e subiu as escadas às pressas, dirigindo-se até o pavilhão de bebidas para voltar logo em seguida ao perceber que havia sido em vão.

Na noite do mesmo dia mencionou, como que por acaso, que há poucos dias havia sido chamado à casa da guarda-florestal, ouvindo com tensão, e um tanto pronto ao combate, para ver se alguém não deixava escapar alguma palavra leviana acerca da senhorita Sabine, conforme muitas vezes acontecia nessas bem-humoradas reuniões masculinas, inclusive quando não havia nenhuma razão para justificá-la. Mas a família Schleheim parecia, conforme o eco da comunicação acabou revelando ao doutor, estar além de qualquer interesse; e só de maneira bastante incidental falaram de parentes berlinenses do assim chamado guarda-florestal, com os quais a filha, que nem ao menos parecia ter os créditos de uma beleza singular entre os membros da mesa dos convivas, às vezes passava o inverno.

Numa das tardes seguintes, o doutor Gräsler decidiu-se a fazer um passeio que pouco a pouco o levou a se aproximar da casa da guarda-florestal.

Ainda na estrada, viu a casa, muda, localizada à sombra da floresta; sobre a varanda, constatou a presença de um homem, cujas feições não conseguiu identificar com precisão. Ficou parado por um instante e sentiu-se fortemente atraído a ir direto para a casa, a fim de, como se tivesse sido o acaso que o fez passar por ali, informar-se a respeito do estado de saúde da senhora Schleheim. Mas ele acabou se dando conta bem rápido de que a atitude, pouco adequada à sua dignidade médica, poderia acabar despertando falsas interpretações.

Deste passeio, ele voltou para casa mais cansado e desanimado do que teria julgado ser possível, depois de uma decepção de proporções tão pequenas; e quando não encontrou Sabine na cidadezinha também nos dias seguintes, principiou a esperar que ela houvesse viajado ou que, no final das contas, tivesse desaparecido para sempre dali, coisa que inclusive lhe pareceu desejável no interesse de seu próprio equilíbrio anímico.

Certa manhã, quando ele, havia tempos sem sentir o bem-estar dos primeiros dias, tomava seu café da manhã na sacada ensolarada, foi-lhe anunciado que um jovem senhor desejava falar com ele. E quando, logo em seguida, um rapaz alto e bonito, vestindo uniforme de ciclista, apareceu na sacada, ele se mostrou tão inconfundivelmente semelhante a Sabine na postura e nos traços do rosto que o doutor não pôde deixar de cumprimentá-lo como se fosse um velho conhecido.

— O jovem senhor Schleheim...? — disse ele, em um tom mais convencido do que interrogador.

— Sim, eu mesmo — respondeu o rapaz.

— Eu reconheci o senhor assim que o vi, devido a sua semelhança com... sua mãe. Por favor, tome assento, meu rapaz. Eu ainda estou no café da manhã, conforme está vendo. Mas o que há de novo? A senhora sua mãe padece de algo outra vez?

Parecia-lhe que estava falando com Sabine.

O jovem Schleheim permaneceu em pé, com o gorro educadamente entre as mãos.

— Mamãe vai bem, senhor doutor. Desde que o senhor doutor falou com ela, ela está se mostrando mais cautelosa.

O doutor sorriu. De imediato ficou claro para ele que Sabine colocara seus próprios temores na boca — mais autorizada — do médico, a fim de alcançar-lhes maior eficiência. De repente ocorreu-lhe que a própria Sabine poderia estar doente desta vez, e ele reconheceu no aceleramento insensato de seu pulso o quanto o bem-estar da jovem moça o tocava de perto. Contudo, antes mesmo de se dispor a perguntar a respeito, o garoto já dizia:

— Desta vez o problema é com meu pai.

O doutor Gräsler suspirou.

— O que há com ele? Espero que nada de mais sério.

— Bom seria se soubéssemos, senhor doutor. Ele mudou tanto nos últimos tempos. No fundo talvez até nem seja uma doença de verdade. Já está com 52 anos.

O doutor franziu a testa involuntariamente. Um tanto frio, perguntou:

— Pois bem, quais os sintomas que lhe dão motivo para a preocupação?

— Nos últimos tempos, senhor doutor, papai tem ataques de vertigem e, ontem à noite, quando quis se levantar do sofá, quase caiu ao chão, e só com dificuldades conseguiu se segurar à borda da mesa. E quando toma nas mãos seu copo para beber alguma coisa, isso nós já percebemos há tempo, suas mãos tremem.

— Hummm... — E o doutor levantou os olhos de sua xícara. — O senhor seu pai parece tomar com bastante frequência o copo nas mãos, e provavelmente nem sempre há água no copo...

O rapaz fitou o chão.

— Sabine pensa que talvez também tenha um pouco a ver com isso. E papai, ainda por cima, fuma o dia inteiro.

— Pois bem, meu caro rapaz, isso não são, necessariamente, sintomas de velhice. Mas o senhor seu pai deseja minha visita, não? — acrescentou ele, educadamente.

— Lamentavelmente a coisa não é tão simples, senhor doutor. Papai na verdade não deveria ficar sabendo que o senhor está vindo por causa dele; ele nunca quis ouvir falar de médico. E Sabine cogita a hipótese de responsabilizar o acaso pela sua vinda.

— O acaso?

— Por exemplo, se o senhor doutor voltasse a passar pela casa da guarda-florestal um dia desses, conforme aconteceu há dias, aí Sabine poderia cumprimentá-lo da varanda, chamando o senhor até a casa, e o senhor doutor entraria... e... e então veríamos o que aconteceria.

O doutor sentiu que enrubescia até a raiz dos cabelos. E, mexendo a colher na xícara vazia, disse:

— Meu tempo lamentavelmente não permite que eu passeie tantas vezes assim. Em todo caso, sim, de fato, há poucos dias cheguei bem próximo à casa da guarda-florestal.

Ele ousou levantar os olhos e viu, paia sua tranquilidade, o olhar do garoto voltado para ele com toda a inocência. E, adotando um tom profissional, prosseguiu:

— Se é que não há mesmo alternativa, posso aceitar sua proposta... Na verdade, não adiantará muito uma simples conversa na varanda. Sem um exame mais detalhado, não se pode dizer nada, no fim das contas.

— Evidentemente, senhor doutor. Nós esperamos que papai pouco a pouco se decida a aceitar a situação. Mas se o senhor pudesse vê-lo pelo menos uma única vez! O senhor doutor tem tanta experiência... Talvez o senhor pudesse tornar possível, senhor doutor, uma vinda um dia desses, depois das consultas... Na verdade faríamos gosto se pudesse ser ainda hoje...

Hoje — repetiu Gräsler com seus botões —, ainda hoje eu poderia voltar a vê-la! Que maravilha! Mas ficou em silêncio, folheou sua agenda, sacudiu a cabeça, pareceu estar diante de dificuldades insuperáveis, até que de repente tomou nas mãos um lápis e riscou decidido alguma coisa, que nem sequer estava escrita, e, na página seguinte, como se fosse essa a primeira palavra que lhe ocorreu, escreveu "Sabine". E ele se decidiu, amigável, mas friamente:

— Pois bem, digamos então hoje, entre 17h30 e 18 horas. Está bom para o senhor?

— Oh, senhor doutor...

Gräsler levantou-se, rechaçou as manifestações de agradecimento do garoto, mandou recomendações à mãe e à irmã, e estendeu-lhe a mão em despedida. Em seguida, voltou da sacada para o quarto, e da janela viu o jovem Schleheim sair com sua bicicleta do corredor da casa, apertar o gorro à testa, subir ao assento com agilidade e desenvoltura, para sumir logo em seguida na esquina mais próxima. Fosse eu dez anos mais jovem, pensou o doutor, e poderia me gabar, a mim mesmo, de que tudo isso não é mais do que um pretexto da senhorita Sabine para voltar a me ver. E ele suspirou baixinho.

Mal eram 17 horas e ele saiu de casa, vestido em um terno cinza-claro, cujo caráter lutuoso ficou resguardado também pela fita de crepe na manga esquerda. Sua intenção era mandar o coche parar nas proximidades da casa da guarda-florestal; mas já bem cedo, pouco depois de ter deixado para trás a área das casas de campo, viu, para sua agradável surpresa, Sabine e seu irmão descendo em direção a ele pelo caminho de relva que se estendia ao longo da estrada. Ele saltou do coche que subia o vale com lentidão, sem mesmo pedir ao cocheiro para parar, e estendeu a mão primeiro a Sabine, depois a seu irmão.

— Temos de pedir desculpas ao senhor — principiou Sabine, levemente excitada. — Não conseguimos manter papai em casa; e antes do anoitecer ele com certeza não estará de volta. Eu peço, por favor, que o senhor não se incomode comigo.

O doutor até gostaria de ter mostrado uma feição desanimada, mas não logrou êxito na tentativa e apenas disse, com simplicidade:

— Ora, não há problema.

E olhou para o relógio com a testa franzida, como se agora fosse necessário encontrar uma nova divisão para o restante do dia; em seguida, levantou os olhos e teve de sorrir ao ver Sabine e seu irmão como dois colegiais à espera de uma reprimenda, parados à beira da estrada. Sabine estava usando um vestido branco; um chapéu de palha, de abas largas, pendia de seu braço esquerdo, preso pela fita amarela, e ela parecia bem mais jovem do que no encontro anterior.

— E em uma tarde tão quente como a de hoje — disse o doutor, quase em tom de censura —, vocês vêm a pé ao meu encontro, e tão longe! Isso não era absolutamente necessário.

— Senhor doutor — replicou Sabine, um tanto embaraçada —, eu gostaria de acentuar e deixar claro antes de tudo, para que sejam evitados quaisquer mal-entendidos, que também esta visita que acabou não dando certo, evidentemente, assim como qualquer outra visita médica...

O doutor interrompeu-a, apressado:

— Ora, ora, minha senhorita. Mesmo que a nossa tentativa tivesse dado certo, de maneira nenhuma poderíamos considerá-la uma visita médica. Peço à senhorita que, antes de ocorrer algo novo, continue a me considerar um conjurado favorável à sua causa.

— Se o senhor toma a coisa assim, senhor doutor — replicou Sabine —, faz com que se torne impossível para mim...

O doutor Gräsler interrompeu-a mais uma vez:

— Eu tinha mesmo a intenção de fazer um passeio hoje. E talvez a senhorita permita, inclusive, que eu coloque o coche à sua disposição, já que parece que ele vem bem a calhar para o caminho da volta, não? E se quiser me levar junto, eu poderia aproveitar a oportunidade para me informar a respeito do estado de saúde da senhora sua mãe. — Ele sentia-se um homem do mundo e fugidiamente tomou a decisão de, no verão seguinte, voltar a abrir seu consultório em uma cidade maior, ainda que jamais tivesse tido sorte em tais lugares.

— Mamãe está bem, às mil maravilhas — disse Sabine. — Mas já que o senhor considera o dia perdido, senhor doutor, que tal — e ela voltou-se para o irmão — se mostrássemos ao senhor doutor a nossa floresta, Karl?

— Sua floresta?

— É assim que a chamamos — disse Karl. — E ela de fato pertence apenas a nós. Nenhum dos hóspedes da estação de águas vem até tão longe. E há trechos maravilhosos. Alguns são semelhantes à mata virgem.

— Uma coisa dessas naturalmente tem de ser vista — disse o doutor. — Eu aceito o convite com prazer.

O coche foi mandado às proximidades da casa da guarda-florestal, para o caso de alguma necessidade, e o doutor Gräsler, conduzido pelos dois irmãos, tomou um caminho campestre que, de tão estreito, obrigava-os a andarem um atrás do outro, em fila indiana, primeiro entre espigas da altura de uma pessoa, depois pela relva, até chegar à floresta.

O doutor falava que já havia seis anos vinha até ali todos os verões, e mesmo assim ainda não conhecia a região de verdade. Mas esse era, por certo, seu fado. Mesmo nos tempos em que era médico do Lloyd, na maior parte das vezes havia conhecido apenas as costas dos países aos quais chegava, no melhor dos casos as cidades portuárias e seus arredores mais próximos; meter-se no interior de um país havia sido, praticamente em todos os casos, um impedimento típico de sua profissão.

Uma vez que Karl, com suas repetidas perguntas, manifestou seu interesse por regiões distantes e viagens marítimas, o doutor mencionou ao acaso os nomes de algumas cidades costeiras, às quais sua profissão o havia levado por algum tempo havia anos; e o fato de ser tomado na conta de um conhecedor do mundo deu a seu discurso uma vivacidade e um humor que nem sempre estavam a sua disposição em outras ocasiões.

De uma clareira, abriu-se aos olhos deles uma vista encantadora da cidadezinha, onde o telhado envidraçado do pavilhão de bebidas brilhava ao sol do entardecer. Decidiram descansar por um momento. Karl estendeu-se em todo o seu comprimento sobre a grama; Sabine sentou-se sobre um tronco derrubado e descascado; o doutor Gräsler, porém, que não queria expor seu terno cinza-claro a nenhum desleixo, ficou em pé e continuou a contar suas viagens; sua voz, normalmente um tanto rouca, apesar dos pigarreios constantes, soava a ele mesmo com uma nova, ou pelo menos estranha, suavidade, e ele sentia-se ouvido com uma atenção que havia tempos não tinha gozado.

No fim, ofereceu-se para acompanhar os irmãos até a moradia, de modo que o pai, se já estivesse em casa, poderia continuar acreditando em um encontro fortuito, e eles poderiam vir a se conhecer da maneira mais inocente. Sabine anuiu com um breve aceno de cabeça, peculiar a ela, que pareceu ao doutor um consentimento mais decidido do que o de qualquer palavra.

Descendo pelo caminho levemente inclinado e cada vez mais largo, agora era Karl o responsável principal pela condução da conversa, desenvolvendo planos de viagem e até de novas descobertas, em cujo ressaibo aventuresco não poderiam deixar de ecoar obras juvenis lidas havia bem pouco tempo. Bem antes do que o doutor esperava, estavam diante da cerca do jardim, e, entre os pinheiros altos, a parte traseira da casa da guarda-florestal refulgia em seu branco crepuscular, com suas seis janelas estreitas e uniformes. Sobre a grama pisoteada entre a casa e a cerca, havia uma mesa comprida com bancos e cadeiras.

Uma vez que Karl havia se adiantado a eles, a fim de verificar se o pai já estava em casa, o doutor ficou só com Sabine por um instante debaixo dos pinheiros. Eles se olharam e o doutor sorriu, algo embaraçado; e, vendo que Sabine permanecia séria, ele observou, voltando o olhar vagarosamente em várias direções:

— Que paz que há aqui — e pigarreou baixinho.

Karl apareceu em uma janela aberta e acenou com vivacidade. O doutor emprestou a suas feições uma seriedade profissional e seguiu Sabine através do jardim até a varanda, onde o guarda-florestal e sua mulher acabavam de ouvir do filho a história do encontro da tarde.

Gräsler, ainda confundido pela designação errada de guarda-florestal, havia esperado encontrar diante de si um homem robusto, de barba comprida, em trajes de caçador e com um cachimbo na boca; e agora estava admirado ao ver um homem delgado, de barba benfeita e cabelos pretos, penteados com apuro, que apenas haviam começado a se tornar grisalhos, cumprimentá-lo de modo amistoso, mas com uma distinção de efeito um tanto teatral.

O doutor Gräsler começou elogiando a beleza da floresta, cujo esplendor todo ele viera a conhecer apenas porque Karl e Sabine o haviam mostrado; e, enquanto se desenrolava uma conversa acerca do lento florescer da cidadezinha de águas termais, que parecia não capitalizar os encantos da região que a envolvia, o doutor Gräsler não deixou, de maneira nenhuma, de fazer suas observações medicinais diante do senhor da casa, mas sem lograr descobrir nele nada que desse na vista, a não ser uma certa impaciência no olhar, bem como uma contração repetitiva e desdenhosa no vinco de sua boca.

Quando Sabine anunciou o jantar, o doutor Gräsler quis se despedir, mas o guarda-florestal, movido por uma amabilidade exagerada, não permitiu que ele fosse, de modo que em pouco o doutor Gräsler estava sentado junto de pais e filhos à mesa da família, sobre cujo tampo de madeira pendia uma lâmpada de quebra-luz verde. Ele falou da reunião de senhoras no sábado próximo, no salão das termas, e voltou-se para Sabine, perguntando-lhe se ela às vezes não tomava parte em eventos desse tipo.

— Nos últimos anos não mais — replicou Sabine. — Anos atrás, quando eu era mais jovem... — E, para responder ao sorriso defensivo do doutor, ela logo acrescentou, não sem acentuar suas palavras, conforme pareceu a ele: — Ora, eu já tenho 27 anos.

O pai lançou uma observação zombeteira a respeito das relações mesquinhas que imperavam na cidadezinha de águas termais e passou a falar com vivacidade a respeito da magia das cidades grandes e da vida movimentada e cosmopolita; de suas declarações seguintes, podia-se deduzir que ele havia sido cantor de ópera, e que havia deixado essa carreira apenas vários anos depois de ter se casado. Enquanto ele passava a citar os mais diversos nomes de artistas com os quais havia atuado, de mecenas que o haviam apreciado muito, e por fim de médicos, a cujos métodos de tratamento errados devia a perda prematura de sua voz de barítono, ele esvaziava um copo após o outro até que, bem repentinamente, pareceu cansado, e de uma hora para outra se assemelhava a um homem velho e gasto.

O doutor julgou ser a hora de fazer as despedidas. Os irmãos acompanharam-no até o coche e perguntaram, temerosos, qual havia sido a impressão que ele havia tido de seu pai. O doutor Gräsler, ainda que sentisse confiança suficiente para excluir hoje mesmo uma doença mais séria, afirmou sua esperança de continuar as observações, e talvez até mesmo, o que seria ainda melhor, achar a oportunidade para um exame simples, sem o qual aliás não poderia, na condição de médico escrupuloso, proferir nada decisivo a respeito.

— Não achas — voltou-se Karl para a irmã — que papai há tempos não se mostrou tão disposto à conversa quanto hoje à noite?

— Isso é verdade, com certeza — confirmou Sabine, e, voltando-se para o doutor Gräsler, com um olhar agradecido: — O senhor conquistou a simpatia dele desde logo... foi possível percebê-lo com nitidez.

Com um movimento de mão que indicava modéstia, o doutor rechaçou o cumprimento e prometeu, ao pedido dos irmãos, repetir a visita nos próximos dias; em seguida subiu ao coche. Os irmãos ainda ficaram em pé por alguns instantes à beira da estrada, acompanhando o coche com os olhos. Sob um céu estrelado e fresco, o doutor seguiu para casa.

A confiança de Sabine o enchia de satisfação, e de uma satisfação tanto mais doce por julgar que ela não se devia apenas a suas capacidades de médico. Ele por certo tinha consciência de que, sobretudo nos últimos anos, havia se tornado mais cansado e indiferente, deixando faltar por inúmeras vezes o verdadeiro interesse humano em relação a seus pacientes; e, depois de muito tempo, a nobreza de sua profissão voltava à tona naquele dia, a mesma profissão que havia escolhido com entusiasmo em seus anos de juventude, mas para a qual sem dúvida nem sempre se mostrara igualmente digno ao longo dos anos.

4.

QUANDO O DOUTOR GRÄSLER ABRIU A PORTA que dava para a sala de espera de seu consultório, no dia seguinte, viu, para sua admiração, o senhor Schleheim sentado entre outros pacientes. E, por ter sido o primeiro a aparecer, ele seguiu-o de imediato para a consulta. Primeiro o cantor fez a exigência de que a família jamais viesse a saber de sua visita, e, depois de ouvir a promessa, se mostrou pronto, desde logo, a expor seus problemas e a se submeter a um exame.

O doutor Gräsler não logrou descobrir nenhum problema físico de caráter mais sério, mas um profundo amuo de caráter anímico era inconfundível, e nem sequer poderia parecer surpreendente em um homem que em seus melhores anos se vira obrigado a largar uma carreira de extremo brilho, para a qual não esperava encontrar compensação suficiente nem na vida caseira e no amor aos seus, nem na própria riqueza interior. O fato de poder, pelo menos uma vez, dar vazão à sua alma na conversa com alguém já lhe fez bem. De modo que ele aceitou com gosto quando o doutor — que lhe esclareceu não poder considerá-lo como paciente — requereu, em tom de brincadeira, a permissão de, em passeios ocasionais, meter-se nas conversas da casa da guarda-florestal, a fim de poder bater um papo com ele.

E, ao fazer uso dessa permissão no domingo seguinte, antes do meio-dia, encontrou o cantor sozinho, mas este lhe esclareceu de imediato que, ao final das contas, havia achado mais sábio informar a "família" — conforme ele sempre se expressava, reunindo todos os membros do clã em um só conceito — a respeito do exame ocorrido e de suas consequências favoráveis, tão só por não precisar ver mais as feições preocupadas, que lhe eram desagradáveis ao extremo, nem precisar ouvir mais os discursos enfadonhos, que o levavam ao desespero. Quando o médico passou a louvar a preocupação verdadeiramente exagerada, mas em todo caso comovente dos filhos, o pai concordou com um leve aceno de cabeça e esclareceu não pretender objetar nada de mais ao comportamento deles com isso, mas sim justamente deixar claro que eles eram pessoas direitas e bondosas.

— Por isso, aliás — acrescentou ele —, é que os dois não haverão de alcançar muito na vida; é provável que nem sequer cheguem a conhecê-la de verdade.

E em seus olhos refulgiu a pálida recordação de aventuras distantes e ignóbeis. Estavam sentados havia poucos instantes no banco à porta de entrada, quando os demais membros da família Schleheim chegaram, todos vestidos de forma um tanto domingueira e exatamente devido a isso mostrando um aspecto mais pequeno-burguês do que de costume. Sabine, que parecia ter consciência disso, logo tirou o chapéu engalhardetado, e em seguida passou a mão no arranjo de seus cabelos, mostrando-se mais tranquila.

O doutor foi instado a ficar até após o meio-dia; a conversa à mesa girou em torno de assuntos superficiais, e quando as falas passaram a tratar do diretor de uma casa de saúde nas vizinhanças da cidadezinha de águas termais, que manifestava o propósito de abandonar o encargo, a mãe perguntou ao hóspede fugidiamente se ele não se sentiria atraído por um cargo do tipo, no qual talvez lhe fosse oferecida a oportunidade de aplicar de maneira sistemática seus métodos de cura baseados na fome dos pacientes. Depois de ter rechaçado a brincadeira com um sorriso, o doutor Gräsler observou que até o momento jamais havia conseguido decidir-se a assumir um cargo semelhante.

— Eu não consigo abrir mão da consciência de minha liberdade — disse ele. — E se já instalei meu consultório uma meia dúzia de vezes lá embaixo, no lugarejo, e segundo todas as probabilidades, continue a fazê-lo nos próximos anos, qualquer obrigação obviamente atrapalharia de maneira significativa a alegria que essa região me concede, e inclusive o exercício da minha profissão.

Sabine pareceu querer expressar sua compreensão com o parecer do médico ao baixar a cabeça de maneira quase imperceptível. No mais, ela mostrou-se bem-informada a respeito da situação da casa de saúde e esclareceu, inclusive, que a capacidade da instituição com certeza era bem maior do que aquela que havia demonstrado nos últimos tempos, sob a orientação de um diretor já envelhecido e cada vez mais negligente. Também expressou a opinião de que, para qualquer médico, a atividade em uma casa de saúde seria desejável tão só pelo fato de apenas ali serem oferecidas as condições para um relacionamento verdadeiramente duradouro entre médico e paciente, e com ele a possibilidade da aplicação de métodos curativos confiáveis, porque passíveis de ser controlados a qualquer momento.

— De fato, há muita verdade nisso — considerou o doutor Gräsler, com aquela reserva no tom que ele julgava adequada ao especialista em tais círculos. Isso não fugiu à percepção de Sabine, de modo que ela observou às pressas, corando de leve:

— Na verdade, eu trabalhei como enfermeira por muito tempo em Berlim.

— É mesmo?! — exclamou o doutor, e não soube como se conduzir diante dessa revelação. E, sendo assim, limitou-se a observar, genericamente: — Uma profissão bela e nobre. Mas sombria e difícil! Eu entendo bem por que a senhorita não demorou em se sentir atraída de volta aos ares florestais da casa paterna!

Sabine ficou em silêncio e também os outros permaneceram mudos. Mas o doutor Gräsler pressentiu que haviam chegado bem próximos do entrecho em que o enigma despretensioso da existência de Sabine provavelmente jazia escondido.

Depois do almoço, Karl fez questão de jogar uma partida de dominó no jardim, como se ela fosse um direito adquirido. O doutor foi instado a tomar parte; e logo, enquanto a mãe deitava estendida em uma cadeira confortável debaixo dos pinheiros, adormecendo aos poucos sobre o trabalho manual que a acompanhara, o jogo se encontrava em andamento, em seu chocalhar inofensivo.

O doutor Gräsler recordava certas horas tristes de domingo, em anos anteriores, passadas ao lado de sua irmã melancólica; ele sentia estar se livrando, como que por um milagre, de uma época sombria e pesarosa de sua vida; e quando

Sabine, ao se dar conta da distração dele, advertia-o por meio de um olhar sorridente ou até mesmo de um toque suave em seu braço, a continuar dispondo suas pedras, ele se sentia levado ao céu de uma esperança indeterminada e branda por tais manifestações de intimidade.

O jogo voltou à caixa e uma toalha florida foi estendida sobre a mesa; e, como seria impossível arranjar um coche especial ainda naquele dia, o doutor disse que poderia ficar por lá apenas o tempo suficiente para tomar uma rápida xícara de café com os outros, se ainda quisesse visitar seus pacientes — que também aos domingos necessitavam dele, sem dúvida — antes de a noite cair. Levou consigo a recordação de um sorriso e de um aperto de mão de Sabine, cuja lembrança encantadora não deixariam o aborrecimento e a queixa tomar conta dele em estradas bem mais empoeiradas e quentes do que aquela que ora descia.

Apesar disso, achou correto deixar passar algum tempo antes de voltar a permitir que o vissem na casa da guarda-florestal. Isso até acabou sendo mais fácil do que ele pensou que fosse, uma vez que a profissão passou a ocupá-lo também interiormente. Não apenas se mostrava cuidadoso ao extremo com as histórias clínicas de seus pacientes, como também procurava esforçar-se no intuito de compensar da melhor maneira possível as lacunas que pouco a pouco haviam surgido em seu saber teórico, através do estudo de obras e revistas medicinais.

Embora fosse claro para ele que o efeito da personalidade de Sabine era responsável por tudo isso, ele continuava se recusando a alimentar alguma esperança mais séria em relação à moça; e mesmo quando, no jogo dos pensamentos, cogitava de leve a possibilidade de manifestar seu interesse por meio de um pedido, passando então a perseguir também interiormente o decurso posterior de um eventual destino unido a Sabine, sempre lhe voltava à memória, nesse contexto, sem ser chamada, a figura altamente desagradável do diretor do hotel em Lanzarote recebendo a ele, o doutor já encanecido, e sua jovem esposa, com um sorriso impertinente às portas de seu estabelecimento; e essa visão voltava de forma tão regular como se Lanzarote fosse o único lugar do mundo onde o doutor Gräsler pudesse abrir seu consultório durante o inverno, e como se o diretor fosse a única pessoa viva do universo inteiro que pudesse pôr sua ventura matrimonial em risco.

Lá pelo final daquela mesma semana, Gräsler encontrou Sabine antes do meio-dia na cidadezinha, onde a moça tinha compras a fazer. Ela lhe perguntou por que ele não dava o ar de sua graça havia tanto tempo:

— Tão poucas pessoas vêm até nós — ela disse —, e são poucas aquelas com as quais se tem algo sensato a conversar. Na próxima vez o senhor também deve falar um pouco mais a respeito de sua vida. Com certeza gostaríamos de ouvir um pouco de todas essas coisas! — E os olhos dela brilharam, mostrando leve anseio.

— Se a senhorita de fato acredita, senhorita Sabine, que lá fora, no mundo, a vida possui tantas coisas interessantes a oferecer, por que é que se conforma em ficar por aqui, na paz dessa cidadezinha?

— Talvez as coisas não permaneçam para sempre assim — replicou ela, simplesmente. — E um dia elas até já foram diferentes. Aliás, por enquanto eu não seria capaz de desejar uma vida melhor do que aquela que levo. — E o anseio em seus olhos estava apagado.

5.

O DOUTOR GRÄSLER não fez sua próxima visita à casa da guarda-florestal sem antes se preparar com o maior cuidado. Ele vasculhara em suas recordações, buscando todo o tipo de coisas que lhe pareciam interessantes de ser contadas; e no princípio se mostrou um tanto abatido pelo fato de uma vida até razoavelmente movimentada como a sua, ao ser contemplada de perto, mostrar-se tão pobre em conteúdo de fato proveitoso.

De qualquer modo, sempre havia um ou outro incidente que pelo menos se assemelhava a uma aventura. Assim, ele havia sido vítima de um assalto praticado por aborígines em uma ilha dos Mares do Sul, no qual um tenente da marinha inclusive acabara assassinado; o suicídio de um casal de amantes em alto-mar; um ciclone em águas indianas; o desembarque em determinado lugar da costa japonesa, que dias antes havia sido destruído por um terremoto; a noite em uma furna de ópio, cujo desenlace obviamente tinha de ser um pouco modificado para ouvidos familiares; tudo isso haveria de constituir uma narrativa com estímulos suficientes. Além disso, alguns de seus pacientes em estações termais — impostores, esquisitões e inclusive um príncipe russo, que no inverno seguinte seria assassinado e chegara a pressentir o sucedido — haviam permanecido em sua memória com suficiente nitidez.

E quando, em uma agradável noite de verão, na casa dos Schleheim, apoiado com descontração ao peitoril da varanda, ele principiou a responder uma pergunta casual de Karl, percebeu logo que, durante a narração, algumas de suas lembranças empalidecidas se tornavam mais claras e vivazes, que todo o tipo de coisas esquecidas havia tempo voltavam a se levantar das profundezas de sua alma; e, em um instante qualquer, chegou a ficar contrariadamente surpreso com uma capacidade que até agora permanecera oculta para ele: ou seja, o tino de ajudar sua memória, quando ela se mostrava falha aqui e acolá, por meio de histórias inventadas ao bel-prazer. Porém, acabou dando pouca importância ao caso ao final das contas, já que sendo assim inclusive podia gozar um prazer que havia tempos não lhe era dado gozar: ser, por alguns instantes, o centro dos interesses de um círculo afeiçoado a ele, vendo reservada para si a ventura de voltar a sentir, na tranquilidade onírica da casa junto à floresta, o ressaibo sedutor de uma vida que até mesmo para ele praticamente perdera o gosto.

De outra feita, enquanto Sabine e sua mãe recebiam visitas no jardim — coisa que raras vezes acontecia —, ele estava sentado sozinho à varanda, junto com o velho cantor, que naquele dia lhe contava, mais vivaz do que nunca, de suas atuações de outrora em teatros citadinos e palcos dos mais diversos, sempre de um jeito que parecia mostrar que aquela havia sido uma vida especialmente rica e digna de orgulho, cujo fim ele agora apenas podia lamentar. Ainda que, depois da perda demasiado prematura da voz, lhe tivesse ficado aberto o caminho para uma profissão comum através das intermediações de um de seus abastados sogros — um fabricante de vinhos da Renânia —, ele havia se decidido a fugir para a natureza e para a solidão, onde não poderia mais ser lembrado sem cessar, conforme acontecia na vida citadina, do que havia perdido, e se alegrar sem ser importunado com as coisas que haviam ficado com ele: a ventura da vida caseira — coisa que ele pronunciou não sem manifestar alguma ironia — e o primor de seus filhos, cujas qualidades ele mais uma vez parecia estar constatando quase a manifestar lástima:

— Sim, se Sabine — observou ele, sombrio — tivesse herdado, junto com meu talento, também o meu temperamento, que futuro não haveria de florescer para ela! — E ele contou que em Berlim, onde ela encontrara, na sua opinião, um lar demasiado burguês junto aos familiares de sua esposa, a moça até havia feito estudos de canto e de teatro por algum tempo, voltando a abandoná-los pouco mais tarde devido a uma aversão insuperável pelo caráter libertino de seus jovens colegas, moços e moças.

— A senhorita Sabine... — observou o doutor Gräsler, fazendo um aceno compreensivo — tem uma alma pura de verdade.

— Sim, com certeza ela a tem! Mas o que significa isso, meu caro doutor, se comparado aos proveitos colossais de conhecer a vida em todas as suas grandezas e seus abismos! Por acaso isso não é melhor do que conservar a alma pura? — Ele olhou para o infinito, e em seguida prosseguiu em voz desanimada: — Assim, um dia ela deixou para trás todos os seus, ou, melhor dizendo, todos os meus planos de arte e fama, para, não sem acentuar conscientemente a oposição representada pela nova opção, inscrever-se em um curso de enfermagem, em cujo exercício ela de repente parecia ter encontrado uma aptidão especial dentro de si.

O doutor sacudiu a cabeça.

— Mas parece que também esse ministério não trouxe à senhorita Sabine uma completa satisfação, uma vez que ela o abandonou depois de poucos anos, se é que a entendi bem há alguns dias?

— Há uma explicação para o caso — replicou Schleheim. — Quando era enfermeira, ela conheceu um jovem médico, com o qual acabou noivando. Um médico ainda moço, muito competente, conforme se dizia, capacitado para alimentar as maiores esperanças. Eu mesmo não cheguei a ter a oportunidade de conhecê-lo... — Ele interrompeu a narrativa de maneira abrupta, uma vez que Karl acabava de passar correndo por eles, e em seguida continuou em voz baixa: — O jovem rapaz lamentavelmente faleceu.

— Faleceu — repetiu Gräsler para consigo, e sem manifestar maiores simpatias.

Karl anunciou que o café já estava posto na mesa debaixo dos pinheiros. Os senhores dirigiram-se ao jardim e o doutor foi apresentado às visitantes, uma viúva com suas duas filhas que, ambas um pouco mais jovens do que Sabine, já à primeira vista lhe pareceram bem conhecidas, assim como ele a elas, de forma que, ao sabor do café e do bolo, uma conversa animada e natural logo principiou.

As duas senhoritas disseram ter a oportunidade de ver o senhor doutor todos os dias, saindo do restaurante, às 14h45, para em seguida passar pela janela onde ambas a essa hora naturalmente estavam ocupadas com seus trabalhos de costura, situação na qual ele, conforme elas afirmaram, tomava o relógio de bolso com uma regularidade infalível, encostava-o ao ouvido, sacudindo a cabeça logo depois para, na maior pressa, tomar o caminho de casa. O que o senhor doutor tinha a fazer de tão importante em casa?, perguntou a mais moça com olhos divertidos. Dar consultas? Ora, isso seria uma piada! Doentes, conforme se sabe, jamais iam a lugares como aquela cidadezinha, segundo ela. O jovem e interessante homem que sempre era levado na cadeira de rodas até o pavilhão de bebidas havia sido engajado pela administração do centro terapêutico, pois na verdade era um ator de Berlim, que durante os meses de férias fazia o papel de doente em troca de pensão livre. E o mesmo acontecia com a dama elegante e seus 17 chapéus, que não era, de maneira alguma, americana, sequer australiana, conforme a listagem de moradores estrangeiros afirmava, mas sim uma europeia como todas elas, e por isso havia falado um dialeto vienense totalmente indiscutível, e não inglês, com o oficial em trajes civis que na noite anterior havia chegado de Eisenach em visita, sentado ao lado dela no banco do jardim da estação de águas.

O doutor reconheceu a falsidade da americana, que além do mais estava em tratamento com um colega, mas em compensação disse estar à espera de um casal francês que já viajara pelo mundo inteiro, e dizia não ter encontrado nenhum lugar tão belo quanto aquele. Em seguida a irmã mais velha passou a louvar seriamente as paisagens florestais e as colinas, bem como o aconchego de sua cidadezinha, que só se revelava em toda a sua graciosidade quando os visitantes lhe voltavam as costas. E a senhora Schleheim, voltando-se para o doutor, reforçou:

— De fato, o senhor teria de passar um inverno aqui, aí saberia o quanto este lugar é belo.

O doutor Gräsler nada disse, mas todos puderam perceber que em seus olhos se espelhavam distâncias que até o momento jamais haviam sido alcançadas pelos outros e, ao que tudo indicava, jamais seriam alcançadas.

Quando se preparavam para um passeio, algum tempo depois, o dono da casa esclareceu que preferia ficar, a fim de continuar na leitura de um livro sobre a Revolução Francesa, cuja época ele afirmou lhe interessar de maneira especial.

No princípio, o pequeno grupo de amigos permaneceu estreitamente unido; mais tarde, no entanto, como se fosse de propósito, deixaram Gräsler se adiantar junto com Sabine; e naquele dia ele estava se sentindo bem mais seguro em relação a ela, mais altivo e mais confiante do que jamais se sentira antes. Não lhe pareceu impossível o fato de Sabine ter tido uma ligação bem mais íntima do que o pai e a mãe supunham com aquele jovem médico, que fora seu noivo e havia morrido. Nesse caso, ela poderia ser considerada uma jovem viúva, coisa que pelo menos tinha a vantagem de diminuir um pouco a diferença de idade entre ele e ela.

Decidiram encerrar o dia ao som da orquestra da estação de águas, sobre o grande terraço do estabelecimento central, em um jantar conjunto, para o qual o senhor Schleheim também apareceu, vestido de maneira tão elegante, até janota, que o doutor não logrou imaginá-lo surgindo das intempéries da Revolução Francesa. As amigas de Sabine deram expressão brincalhona, mas sincera, à sua admiração, ao passo que a própria Sabine, se é que o doutor interpretou corretamente seu olhar, não pareceu estar de acordo irrestrito com a vestimenta de seu pai.

No mais, o humor de todo mundo era o melhor possível, e a senhorita mais nova não deixou faltarem observações caçoantes e maliciosas acerca dos demais hóspedes. Em pouco, ela havia descoberto a dama dos 17 chapéus, que estava sentada em uma mesa ao lado, na companhia de três rapazes e um senhor de mais idade, balançando a cabeça ao sabor de uma valsa vienense de um jeito que na Áustria provavelmente não seria nem um pouco comum.

Quando, em determinado instante, o doutor Gräsler sentiu que um pé tocava o seu de modo fugidio, quase estremeceu. Sabine? Não, por certo não havia sido ela. Nem ele próprio o teria desejado; muito antes deveria ter sido a pequena senhorita toda divertida, que estava sentada à frente dele e mostrava um rosto particularmente inocente. E, uma vez que o toque suave cessou de imediato, ele também poderia ter sido casual, e a natureza do doutor Gräsler o inclinava a, de um lado, acreditar na última hipótese, e de outro, a não se sentir, de maneira alguma, mais satisfeito por causa disso. Uma modéstia demasiado grande, e inclusive um certo automenosprezo haviam sido, durante a vida inteira, seu maior erro; caso contrário ele hoje não estaria ali, na condição de médico das termas, em uma cidadezinha pequena e ridícula como aquela, mas sim em Wiesbaden ou Ems, no cargo de conselheiro honorário de saúde.

E, apesar de Sabine às vezes lhe dirigir os olhos cheios de uma amabilidade manifesta, chegando a brindar a ele em um sorriso em determinado momento, também dessa vez o doutor voltou a sentir que a cada gota de bebida se tornava mais e mais melancólico. Seu humor cadente pareceu se comunicar aos poucos ao círculo inteiro; as senhoras mais velhas ficaram visivelmente cansadas e a conversa animada das mais novas foi suspensa; o cantor, olhando sombrio a sua volta, fumava em silêncio um pesado charuto; e quando enfim se despediram uns dos outros, o doutor Gräsler se sentiu tão só como raras vezes havia se sentido.

6.

As férias escolares chegaram ao fim e Karl foi levado pela mãe a Berlim, de onde ela retornou depois de alguns dias, manifestando — conforme os outros aliás já esperavam — problemas estomacais. O doutor Gräsler, que voltava a ser desejado medicinalmente, aparecia noite após noite na casa da guarda-florestal, e continuou as visitas diárias mesmo depois de a senhora Schleheim estar completamente recuperada.

Agora as coisas se arranjavam de modo que ele, por várias vezes, ficava batendo papo com Sabine, ambos sozinhos em casa ou ao ar livre, durante horas, já que os pais, presumindo um acordo que estava longe de não ser bem-vindo da parte deles, gostavam de se manter à parte. Gräsler falou de sua juventude, de sua velha cidade natal, cercada de muros e cheia de torres, e da velha casa de seus pais, que, ano vinha, ano ia, esperava com paciência poder hospedar a ele — e até há pouco tempo também a sua irmã — durante o curto período da primavera ou do outono. E, uma vez que Sabine o ouvia com atenção, e não sem se mostrar comovida, ele era obrigado a imaginar o quanto seria belo voltar junto dela para a casa paterna, nem que fosse apenas para ver os olhos arregalados de seu velho amigo, o advogado Böhlinger — aliás a única pessoa que ainda mantinha viva uma certa ligação, ainda que bem frouxa, entre ele e sua cidade natal.

Quando o outono chegou, dessa vez incomumente cedo e com um vigor bem particular, a maior parte dos hóspedes da estação de águas se mandou antes do tempo; para o doutor Gräsler, todas as horas que não lhe era permitido passar na casa da guarda-florestal eram vazias e ermas; ele era acometido por um medo imenso de dar nova partida à sua vida solitária, sem sentido e desesperançada de andarilho, de modo que por vezes chegava a se acreditar decidido a invocar as graças de Sabine, qualquer que fosse a forma. Mas em vez de dirigir, de maneira direta, uma pergunta a ela, gesto para o qual não era capaz de reunir a coragem necessária, ele chegou à ideia — como se isso fosse um jeito de buscar conselhos junto ao destino — de fazer perguntas acerca da casa de saúde do doutor Frank, sobre a qual Sabine havia falado pela segunda vez há alguns dias, sem nenhuma pretensão, a fim de saber se ela de fato estava à venda e em que condições.

Ao constatar que ninguém lhe dizia nada definitivo a respeito, Gräsler foi procurar o proprietário, a quem conhecia pessoalmente, e encontrou o velho homem amargurado, vestido num terno de linho amarelo-sujo, mais parecido com um camponio esquisitão do que com um médico, fumando um cachimbo, sentado sobre uma banqueta branca em frente ao sanatório, e lhe perguntou de modo direto se faziam sentido os boatos que ouvira na cidade.

Ficou claro que também o diretor Frank apenas revelara sua intenção de passagem, aqui e acolá, como se também ele estivesse esperando algo como um aceno do destino. Em todo caso, ele estava mais do que disposto a se livrar o quanto antes de sua propriedade, a fim de passar os poucos anos que ainda lhe restavam o mais longe possível de pacientes reais e imaginários, desejando se refazer das cem mil mentiras às quais sua profissão o obrigara durante a vida inteira.

— O senhor pode tomar conta disto aqui — disse ele. — Ainda é jovem — coisa que levou o doutor Gräsler a fazer um movimento de mão melancólico e defensivo.

Ele examinou o estabelecimento em todas as suas salas, mas para seu pesar encontrou-o ainda mais desleixado e decadente do que temia encontrá-lo. Também os poucos pacientes com os quais cruzou no jardim, no corredor e na sala de inalação, não lhe deram a impressão de serem pessoas satisfeitas ou movidas por alguma esperança; sim, parecia-lhe que nos olhares com os quais eles cumprimentavam seu médico havia desconfiança, quase hostilidade. Mas quando Gräsler, na pequena sacada que pertencia à moradia privada do diretor, deixou seus olhos passearem sobre o jardim e depois além, pelo vale agradável até as colinas que se erguiam suaves e algo envolvidas pela névoa, a cuja beira sabia estar localizada a casa da guarda-florestal, surpreendeu-se tocado de repente por um anseio tão ardente de ver Sabine que pela primeira vez sentiu com certeza absoluta que seus sentimentos em relação a ela eram amor e viu-se — como se fosse uma meta maravilhosa disposta diante dele — abraçado estreitamente a Sabine, no mesmo lugar, a lhe mostrar toda a propriedade renovada e embelezada, ao mesmo tempo que a deitava aos pés dela, na condição de sua prometida e esposa. Ele teve de se conter a fim de mostrar indecisão ante o diretor Frank ao se despedir dele, que por sinal acolheu a postura de maneira absolutamente indiferente.

Na casa da guarda-florestal, ainda na mesma noite, ele considerou correto não fazer a menor menção a respeito de sua visita ao estabelecimento; mas já nos dias seguintes levou consigo ao sanatório o mestre de obras Adelmann, seu conviva diário à mesa do Leão Prateado, a fim de ouvir a opinião de um especialista.

Logo ficou claro que algumas poucas mudanças, de menor estrutura e custo mais baixo do que o doutor Gräsler havia temido serem necessárias, faziam-se urgentes, e o mestre de obras inclusive se mostrou disposto a assumir toda a responsabilidade para deixar o estabelecimento novinho em folha até o dia 1º de maio do ano seguinte. O doutor Gräsler continuou a fazer o papel de indeciso e afastou-se com ele, que, a sós, falou de maneira ainda mais decidida sobre as vantagens da compra, logrando convencê-lo.

Ainda no mesmo anoitecer, outra vez de um verdadeiro calor estival, sentado com Sabine e seus pais na varanda da casa da guarda-florestal, ele passou — de um jeito bem casual — a contar sobre a conversa que tivera com o doutor Frank, a quem encontrara, segundo informou, por coincidência, ao passar com o mestre de obras em frente ao portão da casa de saúde.

O senhor Schleheim, ao qual as condições de venda pareceram muito favoráveis, de pronto aconselhou o doutor Gräsler a abrir mão de seu consultório de inverno no Sul já naquele ano, a fim de tratar de um assunto tão importante pessoalmente, sem tirar os pés do lugar. Mas o doutor Gräsler nem queria ouvir falar nisso. Ele não podia largar suas obrigações em Lanzarote; e se deixasse as coisas nas mãos de um homem capaz, como o mestre de obras por certo o era, ele poderia se afastar sem o menor problema. Então Sabine se ofereceu, com seu jeito simples, para vigiar o trabalho durante a ausência de Gräsler e também informá-lo com regularidade sobre o progresso das reformas.

Em pouco, os pais, como se isso estivesse combinado, recolheram-se à casa e Sabine, conforme gostava de fazer, saiu a passear com o doutor pela aleia dos pinheiros, que levava da casa à estrada, sem pressa, para cima e para baixo. Ela já tinha à mão uma série de dicas inteligentes para a renovação do velho prédio, coisa que quase obrigava à suspeita de que a moça se ocupava dessa questão havia tempo. Aliás, ela considerava imprescindível a contratação de uma dama, uma verdadeira dama — conforme ela acrescentou —, para desempenhar as funções de coordenadora-geral; até porque, segundo ela, uma pessoa capaz de supervisionar e de caráter necessariamente sociável fizera falta ao estabelecimento no decorrer dos últimos anos. Agora estava dito o que tinha de ser dito — e o doutor Gräsler sentiu o momento de coração descompassado —, e ele apenas precisava, na verdade tinha a obrigação, de emendar o assunto; sim, ele já se acreditava pronto a soltar o verbo quando Sabine, como se estivesse disposta a atrapalhá-lo em seus propósitos, completou de maneira incomumente precipitada:

— A melhor maneira de fazê-lo é botar um anúncio no jornal. Se estivesse no lugar do senhor, eu inclusive não hesitaria em fazer uma viagem a fim de encontrar uma pessoa adequada a esse posto importante. O senhor tem mesmo um bom tempo à sua disposição. Seus pacientes já foram quase todos embora, não é verdade?... Quando o senhor pensa em partir de fato?

— Em... quatro ou cinco dias. Mas antes de tudo naturalmente tenho de voltar para casa, em minha cidade natal, pelo menos é o que penso ser necessário fazer. Minha irmã não deixou testamento; e ao que tudo indica será necessário, e aliás é isso que me escreve meu velho amigo Böhlinger, esclarecer uma série de coisas pessoalmente. Porém, antes disso ainda quero examinar a casa de saúde até o mais ínfimo dos detalhes. Não poderei tomar uma decisão definitiva, de maneira nenhuma, antes de ter conversado com meu amigo Böhlinger.

E assim ele prosseguiu falando por um bom tempo, indo e voltando, precavido e desajeitado a um só tempo, e cada vez mais insatisfeito consigo mesmo, pois não conseguia esconder nem a seus próprios pensamentos que clareza e determinação com certeza seriam mais convenientes naquela hora. Uma vez que Sabine se fizera completamente muda, ele considerou mais ajuizado se despedir, com a desculpa de uma visita a um paciente; tomou a mão de Sabine, segurou-a por um instante, levou-a de repente aos lábios e deitou um longo beijo sobre ela.

Sabine não opôs resistência; e quando ele levantou os olhos, pareceu-lhe que a expressão do rosto dela se mostrava mais satisfeita, e inclusive mais alegre do que antes. Ele sabia que agora não deveria falar mais nada, largou a mão da moça, subiu ao carro, puxou a manta de viagem sobre os joelhos e foi embora. E quando voltou os olhos, Sabine continuava parada no mesmo lugar, na claridade débil do anoitecer, imóvel. Contudo parecia que ela olhava para outro lugar, para a noite, para o vazio, de maneira nenhuma na direção em que ele pouco a pouco desapareceu, deixando-a para trás.

7.

JÁ NA MANHÃ SEGUINTE, debaixo de uma garoa melancólica, o doutor Gräsler dirigiu-se — sem de fato estar alegre, quase por obrigação — à casa de saúde, fazendo-se conduzir pela terceira vez através das salas, tendo de se contentar então com a companhia de um médico-assistente bem jovem, cuja cortesia demasiado solícita por certo se dirigia menos a seu colega mais velho do que ao suposto diretor futuro; ele aproveitava cada oportunidade que surgia para expor a Gräsler toda a sua intimidade com os métodos de cura mais modernos, para cuja aplicação apenas provisoriamente faltava qualquer possibilidade no estabelecimento.

Ao doutor Gräsler o prédio inteiro pareceu ainda mais desleixado, o jardim ainda mais descuidado do que no dia anterior, e quando enfim se encontrava no escritório desolado, sentado em frente ao proprietário, que entre faturas e papéis oficiais acabava de tomar seu café da manhã, esclareceu que não poderia tomar uma decisão antes de voltar de sua cidade natal, coisa que deveria ocorrer em cerca de três semanas.

O proprietário ouviu o que ele dizia com a indiferença habitual, e apenas observou que, da mesma maneira, evidentemente não se considerava preso à espera. Gräsler não fez mais nenhuma objeção e inclusive se sentiu mais livre quando voltou a estar na rua e, de guarda-chuva aberto, caminhou em direção à cidadezinha.

Grossos pingos de chuva caíam pelas beiradas do guarda-chuva em volta dele, e todas as colinas estavam envolvidas por uma névoa profunda. Além disso, havia ficado tão frio que seus dedos começaram a se enregelar, de modo que ele, segurando com dificuldade o guarda-chuva sobre si, teve de vestir as luvas. Sacudiu a cabeça, cheio de desaprovação. Ora, era bastante questionável o fato de ele sequer poder se acostumar a passar o outono tardio e o inverno não no Sul, mas sim na zona — chamada sem razão — de clima temperado; e ele quase desejou poder comunicar a Sabine, ainda naquela noite, que o sanatório, por assim dizer, havia sido arrebatado debaixo de seu próprio nariz por um comprador mais ágil, mas no fundo nem um pouco digno de inveja.

Em casa, encontrou uma carta, que no endereço do destinatário mostrava a letra de Sabine. Ele sentiu seu coração estacar de repente. O que ela tinha a lhe escrever? Só podia ser uma coisa. Ela lhe pedia para não voltar mais à casa da guarda-florestal. O beijo na mão, na noite anterior; sentira desde logo que ele estragara tudo. Coisas desse tipo não faziam parte de seu comportamento. Ele com certeza fora indizivelmente ridículo naquele instante. E de repente o envelope estava aberto, nem mesmo Gräsler sabia como, e ele leu:

Querido amigo! Posso chamá-lo assim, não é verdade? Hoje ao entardecer o senhor estará de novo aqui e esta carta foi escrita para alcançá-lo antes disso. Pois se eu não escrever, quem sabe se o senhor não voltará a ir embora daqui como em todos esses dias tem feito, para ao final das contas ir embora definitivamente, sem dizer nada, e ainda ficar imaginando que fez bem e agiu com correção. De modo que não me resta outra coisa a fazer a não ser falar eu mesma ou, muito antes, como eu não haveria de conseguir falá-lo, escrever ao senhor o que me vai pela alma. Pois bem, querido senhor doutor Gräsler, meu querido amigo doutor Gräsler, aqui o escrevo, aí o senhor haverá de lê-lo e talvez até se alegrará um pouco sem, espero, achá-lo pouco feminino da minha parte; e eu sinto que posso escrevê-lo...

Não tenho nada contra, absolutamente nada, caso o senhor queira me perguntar se porventura não quero me tornar sua esposa. Aí está, pois. Sim, eu gostaria muito de ser sua esposa. Eu sinto uma amizade tão grande, tão cordial pelo senhor, como jamais senti por qualquer outra pessoa que vim a conhecer. Amor, por certo não é. Ainda não. Mas sem dúvida algo que está muito perto disso, e sem a menor dúvida poderá vir a sê-lo. Nos últimos dias, quando o senhor falava em partir, meu coração sempre se sentia muito estranho. E, quando beijou minha mão hoje, ao entardecer, oh, isso foi muito bonito. Todavia quando partiu para a escuridão, de repente pareceu que tudo havia acabado, e eu senti um medo profundo de que o senhor não quisesse voltar nunca mais até nós. Agora naturalmente tudo isso já passou. São assim os pensamentos noturnos, não é verdade? Eu sei que o senhor voltará a vir. Já amanhã, ao entardecer. E sei também que o senhor é tão bom para mim quanto eu o sou para o senhor. Uma coisa dessas não precisa ser dita por meio das palavras. Algumas vezes, no entanto, parece-me que o senhor padece de uma certa falta de autoconfiança. Não é assim? Também pensei acerca disso, de onde isso poderia vir. E acredito que se deva ao fato de o senhor jamais ter fincado raízes em lugar algum e, em sua vida toda, jamais ter esperado tempo suficiente para que alguém se aproximasse de verdade de seu coração. Sim, acho que é isso. E talvez haja ainda uma outra coisa que o torna hesitante. Tenho de confessar que me é difícil escrever ao senhor sobre isso. Mas já que comecei, não haverei de me contentar em ficar parada a meio caminho. Pois bem, saiba, querido amigo, que já estive noiva uma vez. Mas isso foi há quatro anos. Era um médico, assim como o senhor. Meu pai obviamente já fez insinuações a respeito. Eu o amava de verdade e foi uma dor muito grande perdê-lo. Ele era tão jovem. Vinte e oito anos. Na época, pensei que tudo chegara ao fim, conforme se costuma pensar em tais casos...

Aliás, para ser fiel à verdade, tenho de confessar que esse não foi meu primeiro amor. Antes dele houve um cantor, pelo qual estive apaixonada. Isso foi na época em que meu pai manifestou as melhores intenções de me obrigar a uma carreira para a qual eu não tinha a menor vocação. E o caso na verdade foi a maior paixão que vivi. Viver não é bem a palavra. Talvez... sentir. E ela acabou de um jeito bem bobo. O cantor pensava ter diante de si uma criatura da espécie que costumava encontrar nos círculos que frequentava, e se comportou segundo as regras desses mesmos círculos; e então foi o fim.

Mas o mais interessante é que hoje em dia ainda penso muito mais vezes nessa pessoa do que no meu noivo, que me era tão caro. Ficamos noivos durante seis meses. Pois bem; e agora vem aquilo que é um pouco difícil de dizer. O senhor sabe, porventura, o que eu penso cá comigo, querido doutor Gräsler? O senhor presume algo que não é verdade; e é isso que o torna hesitante. Com certeza isso é, ao mesmo tempo, uma prova de sua inclinação por mim. Mas também há nisso — o senhor haverá de me perdoar, se o digo — um pouco de meticulosidade em demasia ou até de vaidade. De fato, eu sei muito bem, uma vaidade e uma meticulosidade masculinas bastante divulgadas. Todavia, quero afirmar ao senhor que não há o menor motivo para que isso ainda o aflija. Terei de ser ainda mais clara? Pois bem, meu querido amigo, eu não tenho nenhuma confissão a lhe fazer. Além do mais, quando volto a pensar no passado assim, aquela foi uma relação bastante estranha. Não acredito que ele tenha me beijado mais de dez vezes durante os dez meses em que estivemos juntos.

Não, as coisas que não se escreve a um bom amigo em uma noite como esta! Sobretudo quando se pensa que, no final das contas, a gente não será obrigada a enviar a carta. Mas, não é verdade, a carta não faria o menor sentido se eu não escrevesse tudo o que agora me passa pela cabeça... Mesmo assim, como ele me era caro. Talvez exatamente pelo fato de ser tão sério, tão sombrio. Ele pertencia aquele tipo de médico, existem poucos dessa espécie, que sofrem eles mesmos a miséria que são obrigados a ver durante o dia a dia. E, sendo assim, a vida era terrivelmente difícil para ele. Donde poderia ele buscar a coragem para ser feliz? Bem, eu até a ensinaria a ele com o tempo. Tinha certeza de que era capaz disso. Mas as coisas acabaram sendo diferentes. Também quero mostrar ao senhor a foto dele. Naturalmente ainda a conservo comigo. A do outro, do cantor, essa eu não tenho mais. Não a recebi dele, mas sim a comprei em uma loja de objetos artísticos, antes mesmo de conhecê-lo pessoalmente. O que eu ainda não haverei de contar ao senhor! Já passa da meia-noite. E eu ainda aqui, sentada à mesa, sem ter vontade de acabar.

Aliás, continuo ouvindo papai caminhando embaixo, para cá e para lá. Ele mais uma vez está passando por noites intranquilas. Nós de fato nos preocupamos pouco com ele nos últimos tempos. Nós dois, querido doutor. Pois bem, também isso deverá ser diferente de ora em diante. Sim, e agora quero escrever ainda uma outra coisa, já que ela acabou de me ocorrer. O senhor tem de aceitá-la assim como ela é dita. Papai pensa, em relação ao sanatório, que se o senhor por acaso não tiver à mão a soma necessária para encaminhar o negócio, com gosto ele a colocará à sua disposição. Ele inclusive estaria pronto, acredito eu, a tomar parte no negócio; financeiramente, quero dizer. E já que estamos no assunto do sanatório e caso compreenda mais ou menos o que vai escrito nesta carta (com certeza não estou sendo tão indireta assim), talvez o senhor pudesse poupar os anúncios em jornais e também a viagem, pois na condição de supervisora-geral eu sou capaz de me recomendar de sã consciência.

E por acaso não seria a coisa mais agradável do mundo, querido doutor Gräsler, nós dois trabalhando juntos, na condição de camaradas, eu quase disse colegas, no estabelecimento? É que o sanatório, quero confessá-lo ao senhor de uma vez por todas, já me agrada há tempo. Há mais tempo do que a seu futuro diretor, inclusive. A localização e a área verde são maravilhosas. E é profundamente lamentável o fato de o doutor Frank tê-lo deixado se arruinar tanto.

Aliás, foi também um erro ter aceitado todos os doentes possíveis, cujo lugar nem sequer é lá. Acredito que o sanatório deveria voltar a se ocupar apenas de doentes nervosos, evidentemente com a exclusão dos alienados mentais. Mas onde ainda haverei de chegar? Para isso ainda há tempo, sem dúvida... pelo menos até amanhã, em todo caso, mesmo que nós não venhamos a concordar em tudo um com o outro. E o tempo de sua viagem o senhor poderia utilizá-lo para fazer propaganda do sanatório em Berlim e outras cidades maiores. Aliás, eu mesma ainda conheço alguns catedráticos de medicina em Berlim, dos meus tempos de enfermeira; talvez eles se lembrem de mim. Neste momento, sou capaz de ver o senhor sorrindo. Mas tenho de aceitá-lo. Uma carta dessas não é das coisas mais simples. Isso eu sei muito bem. Pessoas más inclusive poderiam pensar que ela significa o mesmo que se jogar nos braços de alguém ou outra coisa do tipo.

O senhor não é, porém, uma pessoa má, e aceitará a carta assim como ela está escrita. Eu tenho amor ao senhor, meu amigo, na verdade não como o amor é descrito em romances, mas de qualquer forma, firme no coração! E me sinto inclinada um tantinho também pelo fato de sofrer ao ver o senhor vagar assim, sem destino, pelo mundo. É de fato bem possível que eu jamais tivesse escrito esta carta se sua irmã ainda fosse viva. Ela era uma pessoa boa, sei muito bem. E talvez eu também tenha amor ao senhor pela simples razão de que o respeito como médico. Sim, eu o respeito muito. Até se poderia achar o senhor um tanto frio às vezes. Mas essa deve ser apenas a sua maneira de agir; no fundo, com certeza é compassivo e bondoso. E o mais importante de tudo é que de imediato se sente confiança no senhor, conforme pude constatá-lo nos casos de minha mãe e de meu pai;

e aliás foi com isso, meu querido senhor doutor Gräsler, que tudo começou...

E quando vier amanhã — não quero lhe tornar as coisas ainda mais difíceis —, o senhor precisa apenas sorrir como sempre ou voltar a me beijar a mão, como hoje à tardinha, na despedida, porque aí já saberei em que pé as coisas andam. E caso as coisas sejam diferentes do que as imagino, pode dizê-lo de maneira direta. Sim, pode fazê-lo, sem o menor problema. Então eu haverei de lhe estender a mão e pensar para comigo que foram belas horas de verão as que passamos juntos; não se deve é perder a modéstia, e querer ser chamada logo de senhora doutora, ou até mesmo de senhora diretora, coisa da qual na verdade não faço, em absoluto, questão.

E, note bem, se assim não for, espero que no próximo ano venha junto do senhor uma outra mulher, alguma bela estrangeira de Lanzarote, uma americana ou uma australiana, mas uma legítima... Mesmo assim, faço questão de vigiar os trabalhos de reforma no sanatório, se é que o negócio será mesmo encaminhado. Pois essas são duas coisas bem diferentes, que não têm nada a ver uma com a outra. Mas agora haverei, enfim, de ter dito o suficiente. Estou muito curiosa para ver se tenho coragem de mandar a cartinha ao senhor amanhã cedo... Qual é a sua opinião a respeito? Pois bem, adeus. Até logo! Eu gosto do senhor e ficarei sendo sempre, aconteça o que acontecer, sua amiga Sabine.

O doutor Gräsler ficou por muito tempo com a carta nas mãos. Leu-a uma segunda e uma terceira vez, e mesmo assim ainda não sabia ao certo se o que estava escrito nela o deixava feliz ou triste. Uma coisa estava clara: Sabine se mostrava disposta a se tornar sua mulher. Ela inclusive havia se jogado nos seus braços, conforme ela mesma escrevera. Mas, ao mesmo tempo, ela esclarecia que não era amor o que sentia por ele. Para isso, ela o via com olhos demasiado clarividentes, quase se poderia dizer... demasiado críticos. Ela havia acertado em cheio ao dizer que ele era meticuloso a não querer mais, vaidoso, frio, indeciso, características cuja existência ele estava longe de pretender contestar, mas que a senhorita Sabine por certo não teria observado tanto e mal ousaria salientar caso ele fosse 10 ou 15 anos mais jovem.

E ele perguntava a si mesmo de imediato: se ela já se dera conta de todos os defeitos dele a distância e se sequer havia esquecido de relacioná-los em sua carta, como é que não haveria de ser mais tarde, quando vivessem juntos, no dia a dia, que com certeza iria trazer à luz outros de seus defeitos, fazendo com que ela os percebesse?

Sendo assim, seria necessária muita capacidade de controle para conseguir se impor. Estar sempre de olho vivo, de certa maneira até bancar o comediante, coisa que em sua idade já não era das mais fáceis; na verdade, quase tão difícil quanto aos poucos fazer de um solteirão já envelhecido, casmurro, meticuloso e acomodado um marido amável, galante e jovial. No começo, a coisa até andaria bem. Pois ela obviamente tinha muita simpatia por ele, e inclusive uma espécie de — não seria possível expressá-lo de outra maneira — ternura maternal. Mas por quanto tempo ela seria suficiente? Não por muito tempo. E de forma alguma mais do que o tempo de voltar a aparecer um cantor endiabrado ou um médico jovem e sombrio, ou até mesmo qualquer outra aparição masculina sedutora, para a qual a fortuna ao lado da bela e jovem mulher pareceria tanto mais favorável já que ela, por meio do matrimônio, teria se tornado mais madura e experiente.

O relógio da parede bateu 13h30; a hora da refeição habitual havia sido ultrapassada havia um bom tempo, coisa que lhe desagradou; e, consciente de seu caráter meticuloso e tomado por uma teimosia furibunda, Gräsler se pôs a caminho do restaurante. Na mesa dos convivas encontrou o mestre de obras e um homem da administração municipal, que estavam sentados em um canto, tomando café e fumando. O conselheiro municipal inclinou a cabeça ao doutor em sinal de compreensão e recebeu-o com as seguintes palavras:

— De modo que nos resta dar os parabéns ao senhor, conforme ouvi...

— Por quê? — perguntou o doutor Gräsler, quase assustado.

— Pelo fato de o senhor ter comprado o sanatório do doutor Frank, não é verdade?

Gräsler suspirou, aliviado:

— Comprado? — repetiu ele. — Ainda estou longe disso; o negócio ainda depende de muitas coisas. O barracão está em um estado deplorável e tem de ser todo ele reconstruído, a partir das fundações. E nosso amigo aqui — ele estudou o cardápio e apontou fugidiamente para o mestre de obras — não é dos mais barateiros...!

O mestre de obras protestou com veemência, dizendo não pretender lucrar nada com o negócio; no que dizia respeito aos assim chamados danos, aliás, seria coisa das mais fáceis repará-los, e se as tarefas fossem distribuídas logo, o sanatório estaria prontinho, brilhando como se fosse novo, o mais tardar em 15 de maio.

O doutor Gräsler deu de ombros e não deixou de lembrar que o mestre de obras no dia anterior havia mencionado 1º de maio como prazo final; aliás, todo mundo sabia como a coisa andava nesses assuntos de construção: prazos e custos eram sempre ultrapassados, e ele, de sua parte, não se considerava mais jovem o suficiente para se meter nesse tipo de empreitada. E, ademais, o proprietário pedia uma soma ridícula e, "quem sabe", acrescentou ele, com a intenção de fazer uma brincadeira, "se o senhor, meu caro mestre de obras, não está jogando em um bolso com ele".

O mestre de obras mostrou-se furioso, o conselheiro municipal tentou acalmar os ânimos e o doutor Gräsler concedeu que exagerara... Mas era tarde para voltar a estabelecer uma harmonia satisfatória, e em pouco os dois senhores, o mestre de obras e o conselheiro municipal, depois de uma despedida fria, deixaram o doutor Gräsler sentado sozinho à mesa, insatisfeito consigo mesmo.

Este sequer tocou o último prato e se apressou em direção à casa, onde um paciente, que antes de partir desejava algumas prescrições médicas para o inverno, esperava por ele. O doutor concedeu-as distraído, impaciente, recebeu seus honorários de consciência pesada e sentiu um rancor apático não apenas contra si mesmo, mas também contra Sabine, que não havia perdido a oportunidade de acusá-lo de indiferença para com seus pacientes em sua carta.

Em seguida, foi para a sacada, reacendeu um charuto já frio e olhou para o jardinzinho miserável onde, apesar do tempo nublado, a dona da casa estava sentada sobre uma banqueta branca, cesto de costura ao colo, e fazendo tricô conforme era seu costume àquela hora do dia. A mulher, já mais velha, ainda há três ou quatro anos manifestara intenções inconfundíveis em relação a ele; pelo menos Friederike sempre voltava a afirmá-lo; mas ela sempre acreditava ver o irmão cercado e vigiado por donzelas e viúvas casadoiras. Deus sabe que ele nem sequer chegara perto disso. Havia nascido para ser solteirão, um tipo esquisito, egoísta e filisteu durante a vida inteira. Inclusive Sabine o havia percebido bem, conforme ficava claro, nitidamente claro, em sua carta, ainda que devido a um punhado de motivos, dentre os quais o assim chamado amor estava limitado a um papel miserável, ela afirmava ter se jogado nos seus braços. Sim, se ela de fato o tivesse feito, a coisa seria bem diferente. Mas aquilo que ele sentia farfalhar no bolso do casaco podia ser tudo... menos uma carta de amor.

O coche que estava encomendado para levá-lo à casa da guarda-florestal todas as tardes foi anunciado. O doutor Gräsler sentiu seu coração acelerar. Sim, ele não podia esconder nem de si mesmo que nesse instante tinha apenas uma coisa a fazer: correr até Sabine, tomar suas mãos queridas com suavidade e agradecer por ela ter se oferecido a ele de maneira tão íntima e sem reservas, para em seguida pedir aquele ser encantador em casamento, mesmo no perigo de ver a felicidade durar apenas alguns anos, ou até mesmo uns poucos meses.

Mas em vez de precipitar-se escada abaixo, ele ficou parado onde estava, como se estivesse fixo ao chão. Sentia-se como se ainda pouco antes tivesse algo a esclarecer de maneira definitiva, mas não conseguia lembrar-se direito do que poderia ser. De repente lhe ocorreu o que era: tinha de ler a carta de Sabine mais uma vez. Tirou-a do bolso junto ao peito e retirou-se para o consultório silencioso, a fim de deixar as palavras de Sabine agirem sobre ele mais uma vez em completo sossego.

E ele leu.

E leu devagar, com a atenção concentrada, e sentiu seu coração ficando cada vez mais duro. Tudo o que era encantador e íntimo queria lhe parecer frio, até mesmo zombeteiro; e quando chegou ao trecho em que Sabine mencionava de forma superficial sua reserva, sua vaidade e seu caráter demasiado meticuloso, pareceu-lhe que ela repetia intencionalmente o que já havia lhe dito, redito e tresdito pela manhã, aliás a ponto de enfadá-lo... e inclusive sem ter a menor razão.

Como é que ela se julgava no direito de chamá-lo de meticuloso, de filisteu, a ele, que estaria disposto, sem mais, e com quanto gosto, a perdoar-lhe qualquer deslize verdadeiro que ela viesse a ter cometido? E ela não apenas se mostrara incapaz de ver aquilo como chegara a acreditar que ele estava hesitante apenas por causa disso. Sim, ela o conhecia tão pouco. Era isso. Ela não o compreendia.

E desse momento em diante o enigma de sua própria existência de repente lhe pareceu estar revelado de novo. Pois agora lhe ficava claro que na verdade ninguém jamais o havia compreendido de fato, nem mulher nem homem! Nem seus pais, nem sua irmã, muito menos seus colegas e seus pacientes. Sua introversão era tomada por uma frieza, seu senso de organização por meticulosidade, sua seriedade por secura; e assim, na condição de homem sem abusos nem brilho, ele havia sido predestinado à solidão para a vida inteira. E só porque ele era assim, e não diferente — que fazer? —, e além do mais tantos anos mais velho do que Sabine, só por isso ele não poderia, não deveria aceitar a ventura que ela estava pronta, ou acreditava estar pronta, a levar até ele, uma ventura que provavelmente nem sequer seria ventura. Açodado, ele tomou uma folha de papel de carta e começou a escrever a ela:

Querida senhorita Sabine! Sua carta me tocou. Como é que poderia agradecer, eu, homem velho e solitário...

Ah, que bobagem, pensou ele, rasgou a folha e recomeçou do início:

Minha querida amiga Sabine! Eu tenho em mãos sua carta, sua bela e bondosa carta. Ela me comoveu profundamente. Como é que eu poderia lhe agradecer? A senhorita me mostra a possibilidade de uma ventura, uma ventura que eu jamais ousaria sonhar para mim e por isso — deixe que eu o diga logo nesse contexto — não ouso agarrar, quer dizer, não ouso agarrar logo. Peço que me conceda alguns dias de tempo para refletir, que me deixe chegar à consciência de minha ventura e, oh, querida amiga Sabine, pergunte também a si mesma mais uma vez se quer de fato e verdadeiramente confiar sua juventude encantadora a mim, homem maduro.

Talvez venha bem a calhar o fato de eu ter de viajar por alguns dias à minha cidade natal, conforme a senhorita inclusive já está sabendo. Agora eu penso em adiantar minha viagem em alguns dias e, em vez de partir na quinta-feira, partir amanhã cedo mesmo. Assim não nos veremos por cerca de 14 dias, e durante esse tempo tudo terá de se decidir, em seu interior e no meu. Lamentavelmente, não me é dado escrever palavras tão belas como as que a escreveu, querida senhorita Sabine. Mas se a senhorita pudesse ler em meu coração! Todavia, sei muito bem que não haverá de me entender mal.

Acredito ser melhor não ir hoje à casa da guarda-florestal. Prefiro me despedir provisoriamente da senhorita por meio desta carta. Ao mesmo tempo, peço a permissão de poder lhe escrever e imploro o mesmo à senhorita. Meu endereço em minha cidade natal é Am Burggraben, 17. Conforme a senhorita sabe, tenciono conferenciar com meu velho amigo, o advogado Böhlinger, também a respeito da compra do sanatório. E com isso me nego por hoje a considerar a generosa oferta de seu honrado pai, para a qual por enquanto posso apenas declarar meu agradecimento mais solícito.

A propósito, talvez fosse recomendável, além de ouvir a opinião do mestre de obras local — e com isso não estou querendo fazer nenhuma objeção ao seu trabalho —, chamar um arquiteto de fora a fim de ouvir seu conselho. Mas tudo isso terá seu tempo. E agora, querida amiga Sabine, resta-me apenas dizer adeus. Cumprimente seus pais, aos quais peço seja dito que um telegrama urgente de meu advogado adiantou minha partida em alguns dias.

Em duas semanas, portanto. Que bom seria voltar a encontrar tudo igual, assim como o deixo, por aqui! Com que impaciência aguardarei sua resposta em casa. Mas agora não quero dizer mais nada. Eu lhe agradeço. E beijo suas mãos queridas. Até a vista! Até a vista venturosa! Seu amigo, doutor Gräsler.

Ele dobrou a folha. Chegou a sentir algumas lágrimas nos olhos enquanto escrevia, devido a uma comoção indeterminada em relação a si mesmo e também em relação a Sabine; mas agora que uma decisão provisória havia sido tomada, fechou a carta de olhos secos e contidos, entregando-a em seguida ao cocheiro, que devia levá-la pessoalmente para a casa da guarda-florestal. Seguiu o carro que se afastava dali com os olhos por um instante, parado junto à janela; já estava pronto a chamar o cocheiro de volta, mas a palavra morreu em seus lábios e o carro sumiu à sua vista.

Em seguida ele foi se ocupar com os preparativos para a viagem antecipada. Tinha tanto a ordenar e a providenciar que no princípio nem sequer chegou a pensar em outra coisa; mais tarde, contudo, quando se lembrou de que Sabine a essa hora já devia ter sua carta nas mãos, o coração lhe doeu pelo corpo inteiro. Agora ele esperava... quem sabe não chegaria uma resposta? Quem sabe se ela simplesmente não se sentaria no carro para vir buscá-lo, a ele, o noivo indeciso? Sim, aí então ela poderia dizer que estava se jogando em seus braços. Mas passar por essa prova, para isso o amor dela não era forte o suficiente.

E ela não veio, e não veio nem sequer uma carta; bem mais tarde, já no crepúsculo, ele viu o coche passar por sua janela, levando um passageiro desconhecido qualquer. Gräsler dormiu um sono bastante intranquilo naquela noite; e pela manhã, friorento e amargurado, enquanto uma chuva fina buzegava sobre o teto de caucho do carro aberto, ele seguiu até a estação ferroviária.

8.

NA CIDADE NATAL UMA SURPRESA AGRADÁVEL esperava pelo doutor Gräsler. Ainda que ele tivesse anunciado sua chegada em última hora, encontrou sua casa não apenas na mais bela das ordens, como também muito melhor organizada do que a deixara havia cerca de um ano. Só agora ele se lembrava de que Friederike havia permanecido sozinha ali, durante alguns dias, no outono passado e, conforme lhe contara mais tarde, providenciara alguns móveis novos, como também distribuíra a operários capacitados alguns encargos urgentes, cujo encaminhamento ela havia discutido em cartas com o amigo Böhlinger ainda durante os meses de inverno.

E quando Gräsler mediu a casa inteira pela segunda vez, para ao fim entrar nos aposentos da irmã, localizados junto ao pátio, suspirou comovido... Um pouco em consideração à esposa do tipógrafo que havia anos zelava pela casa e o acompanhou através da moradia, mas também para lembrar, em seu luto honesto, a querida finada, à qual não fora concedido conhecer o espaço íntimo em sua nova e agradável apresentação e à claridade da iluminação elétrica.

O doutor Gräsler desfez as malas, passeou pelos quartos para cá e para lá; de vez em quando pegava um ou outro livro na biblioteca, voltando em seguida a colocá-lo, sem lê-lo, em seu lugar, para depois olhar para baixo, em direção à estrada estreita e pouco movimentada, em cujo calçamento úmido se refletia a lanterna da esquina; em seguida sentou-se na velha poltrona da escrivaninha herdada do pai e leu o jornal. Estava, conforme ele mesmo veio a sentir com espanto pesaroso, tão longe de Sabine como se entre ele e ela não houvesse apenas vários quilômetros, mas também como se a carta na qual ela lhe oferecera sua mão, e que o instigara à fuga, não o tivesse alcançado no dia anterior, mas sim várias semanas antes. Quando ele a tirou do bolso, pareceu-lhe que de dentro dela vinha um perfume acre e inquietante, e, sentindo uma timidez medrosa de ter de voltar a lê-la, trancou-a em uma gaveta.

Na manhã seguinte, ele perguntou a si mesmo o que haveria de fazer naquele e em todos os dias vindouros. Havia tempos se tornara um estranho em sua cidade natal, e a maior parte de seus amigos já havia morrido, ao passo que as ligações com os poucos sobreviventes gradualmente haviam se tornado mais frouxas, até que enfim deixaram de existir; apenas sua irmã sempre voltava a aproveitar sua presença ocasional para visitar algumas pessoas de idade avançadíssima, que pertenciam ao círculo de conhecidos de seus pais, falecidos tanto tempo antes. De modo que o doutor Gräsler no fundo não tinha outra coisa a fazer em sua cidade natal a não ser conversar com seu velho amigo, o advogado Böhlinger, e isso nem de longe lhe parecia assim tão urgente.

Depois de ter deixado sua casa, ele principiou fazendo uma caminhada pelo centro da cidade, conforme aliás costumava fazer ao voltar, depois de longo tempo fora, para uma breve estada no torrão natal. Uma certa comoção bastante leve, quase benfazeja, costumava tomar conta dele com regularidade em tais andanças; mas naquele dia, sob o céu chuvoso, carregado e cinzento, ela não deu o ar de sua graça.

Sem sentir a menor comoção interior, ele passou pela velha casa, de cuja janela esquinada, estreita e alta, a amada de sua juventude acenava e sorria escondida para o ginasiano a caminho da escola ou de volta dela; indiferente, ouviu o marulhar da fonte no parque outonal, que ele mesmo vira surgir aos poucos nas antigas ruínas da cidade; e quando, saindo do pátio da velha e famosa prefeitura, logrou divisar, além da esquina, na ruela estreita e escondida, a casinha imemorial e quase arruinada, atrás de cujas janelas baças e nitidamente identificadas pelas cortinas vermelhas ele vivera sua primeira e miserável aventura sexual, seguida de um medo que durou semanas, foi como se os véus rasgados e empoeirados que cobriam sua adolescência inteira se erguessem todos eles a um só tempo.

A primeira pessoa com a qual falou foi o comerciante de tabaco de barbas brancas, dono da loja na qual ele providenciava seus charutos; quando o mesmo exprimiu suas condolências pela morte da irmã de maneira um tanto prolixa, Gräsler mal soube o que responder, e chegou a sentir medo de encontrar outros conhecidos e ter de ouvir as mesmas palavras vazias. Mas o próximo que encontrou não o reconheceu, e um terceiro, que fez menção de parar, ele limitou-se a cumprimentar de forma rápida e quase indelicada, seguindo logo adiante.

Depois do almoço em um restaurante que ele conhecia de longa data, mas que estava mudado e demasiado pomposo, o doutor Gräsler foi ter com Böhlinger. Este, já avisado de sua chegada à cidade, cumprimentou-o com uma tranquilidade amistosa e, depois de algumas palavras compassivas, mostrou-se desejoso de saber mais a respeito da morte de Friederike.

O doutor Gräsler informou ao amigo de infância, com voz velada e olhos baixos, o triste acontecimento, e quando voltou a erguer os olhos, ficou um tanto surpreso de se ver em frente a um senhor envelhecido e corpulento, cujo rosto sem barba, que ele ainda conservava na memória como um rosto juvenil, mostrava-se completamente pálido e alquebrado.

No princípio, Böhlinger se mostrou bastante comovido, ficando em silêncio por muito tempo, até que enfim deu de ombros e sentou-se à escrivaninha, como se quisesse expressar com isso que aos sobreviventes, mesmo em relação a um acontecimento lamentável como aquele, não restava outra coisa a não ser dedicar-se de forma decidida às exigências do cotidiano. Em seguida, abriu uma gaveta, pegou uma pasta de dentro dela e passou a tratar, mediante a apresentação do testamento e de outros papéis importantes, do assunto da herança de um modo bem pormenorizado.

Já que a falecida havia deixado economias bem mais consideráveis do que Gräsler supunha, e ele era o único herdeiro, a coisa se apresentava assim: de então em diante, mesmo sem continuar exercendo a clínica médica, ele poderia viver de suas rendas, claro que modestamente, mas mesmo assim sem abrir mão do conforto indispensável, coisa que o advogado lhe deu a entender ao final de sua análise. Mas justamente devido a essa revelação o doutor ficou consciente de que para ele ainda iam longe os tempos da tranquilidade, sim, que inclusive nascera nele um impulso violento à atividade; e, para assegurá-lo com vivacidade, não ficou esperando mais tempo e falou da casa de saúde ao velho amigo, cuja compra discutira em negociações que deixavam margem a grandes expectativas, pouco antes de deixar a cidadezinha de águas termais.

O advogado ouviu-o com atenção, pediu algumas explicações mais detalhadas a respeito de alguns pormenores, pareceu aprovar as intenções do doutor no começo, mas ao final acabou hesitando em estimular o amigo de maneira decidida a um empreendimento que, sem contar o talento medicinal e o desembaraço técnico, que ele naturalmente podia ver que o doutor possuía na mais alta escala, exigia também uma certa tarimba classificatória e comercial, de cuja existência em si Gräsler até o presente momento não dera provas suficientes.

O doutor, que teve de aceitar essa objeção, se perguntou se não seria melhor falar da senhorita Schleheim naquele momento, uma vez que ela por certo estava mais do que preparada para assumir aquela parte da tarefa. Mas o velho solteirão sentado a sua frente àquela hora com certeza seria o último a demonstrar compreensão por uma história de amor de tipo tão especial como a sua. Gräsler conhecia muito bem a peculiaridade de Böhlinger, que não perdia ocasião para criticar, de maneira aviltante e até irônica, as mulheres, e decerto não conseguiria escutar a referência a Sabine sem fazer uma observação leviana.

A respeito da experiência que fizera dele um misógino de tão grosso calibre, Böhlinger não fizera o menor segredo ao amigo de infância à época em que ela ocorrera. Em um reduto ali mesmo, na cidade, onde uma vez por ano a sociedade burguesa costumava se encontrar com o mundo do teatro, mas também com elementos ainda mais suspeitos em termos morais, Böhlinger havia, como que no voo de um instante, alcançado os favores completos de uma dama, à qual, nem mesmo nos sonhos mais fantásticos, seria capaz de confiar tal ousadia e tal leviandade. Ela mesma, que inclusive no ápice da embriaguez não havia deixado cair sua máscara, mantivera-se anônima naquela época e para sempre; contudo, devido a um acaso singular, Böhlinger conseguira descobrir qual fora a mulher que ele chamara de sua naquela noite. E uma vez que havia contado a aventura ao amigo, todavia se negando sempre a revelar o nome da amante, em pouco não havia na cidade um único ser do sexo feminino, mulher ou moça, casada ou solteira, sobre o qual Gräsler não lançasse uma suspeita, suspeita que se manifestava de modo tanto mais forte quanto mais irrepreensíveis eram a fama e a conduta da dama em questão.

Fora também aquela aventura que impedira Böhlinger de assumir um enlace mais íntimo, ou até um casamento, com qualquer uma de suas concidadãs, de modo que ele, na condição de advogado respeitado em uma cidade mediana que valorizava muito a decência e a pureza moral, vira-se obrigado a colecionar suas experiências seguintes em viagens de férias, breves e cheias de mistérios, que apenas poderiam fortalecer sua visão amarga do sexo feminino. Por isso tudo, seria imprudente da parte de Gräsler mencionar o nome de Sabine naquela conversa, duplamente imprudente, na medida em que no final das contas acabara deixando livre, e talvez inclusive já perdera para sempre, a criatura graciosa e pura que de certa maneira havia se lançado em seus braços.

Fazendo essas ponderações, Gräsler preferiu não continuar discutindo seus planos futuros e apenas esclareceu, em tom de esquiva, que de qualquer forma ainda esperava notícias da parte do mestre de obras, e por fim instou o amigo de infância, de modo não tão cordial quanto pretendia, a visitá-lo em breve na casa da Burggraben, coisa que aliás fazia lembrá-lo da necessidade de lhe agradecer pelo trabalho incômodo que o caríssimo amigo tivera ao vigiar a colocação do carpete e do papel de parede.

Böhlinger dispensou os agradecimentos com humildade; sentia-se feliz, contudo, em poder voltar às salas que também para ele estavam longe de ser pobres em recordações juvenis, lamentavelmente tão distantes. Ambos deram-se as mãos e olharam-se nos olhos. Os do advogado pareceram querer ficar úmidos; mas também naquele momento Gräsler não sentiu nada da comoção que esperara em vão sentir durante o dia todo, e que poderia enobrecer o sabor precário daquela hora.

Um minuto depois, ele estava na rua, tomado por um sentimento quase torturante de vazio interior. O céu agora estava mais límpido e o ar, mais ameno. O doutor Gräsler passeou pela rua principal, parou diante de algumas mercadorias expostas em uma vitrine e sentiu uma leve satisfação por ver que também a sua cidade natal principiava a anunciar de maneira clara, por todo lugar, a chegada de um gosto mais moderno. Por fim, entrou em uma loja de moda masculina, na qual pensava comprar, além de algumas ninharias, um chapéu novo.

Contrariamente a seu hábito, escolheu dessa vez um chapéu de feitio mais mole e abas bastante largas; no espelho, achou que ele caía melhor a seu rosto do que os tapumes rígidos que usara até então, aos quais sempre se julgara obrigado, e julgou impossível levar na conta de mero engano quando, na continuação de seu passeio, sob um crepúsculo que já avançava, algum olhar de mulher e de moça pareceu medi-lo de maneira bem mais amistosa do que costumeiramente acontecia.

De repente lhe ocorreu que, enquanto isso, já poderia ter chegado uma carta de Sabine: e ele se apressou no caminho de casa; um bom número de correspondências havia chegado, a maior parte delas reenviadas do endereço na cidadezinha de águas termais... De Sabine não havia nada. Desiludido no princípio, ele logo se deu conta de que esperara algo improvável, e até impossível. Deixou a casa mais uma vez e voltou a passear sem rumo pelas ruelas da cidade.

Mais tarde, teve a ideia de andar um trecho adiante, usando o bonde que parara ao lado dele. Ficou em pé na plataforma traseira do veículo e lembrou-se, agora pela primeira vez sentindo uma leve melancolia, que, no lugar do subúrbio que ele agora atravessava, em seus anos de juventude não havia nada para ser visto a não ser campo aberto e terra cultivada. A maior parte dos passageiros foi descendo aos poucos e só agora lhe ocorria que até o momento nenhum cobrador havia se manifestado. Lançou um olhar em volta de si e percebeu que dois olhos encontraram os seus, manifestando uma zombaria amistosa. Eles pertenciam a uma moça jovem, um tanto pálida, que, vestida de maneira simples, mas graciosamente clara, por certo já se encontrava havia tempo ao lado dele sobre a plataforma.

— Com certeza o senhor está surpreso pelo fato de o cobrador não aparecer — disse ela, levantando a cabeça em um gesto vivaz e lançando os olhos escondidos sob o chapéu de palha raso e negro, cuja aba ela segurava com a mão, em direção a Gräsler.

— De fato — respondeu este, um tanto rígido.

— Na verdade, não há cobrador nesta linha — esclareceu a jovem moça. — Mas ali na frente, na cabine do condutor, o senhor está vendo, há uma caixa; dentro dela o senhor deve jogar sua moeda de dez fênigues e tudo estará em ordem.

— Muito obrigado — disse o doutor. Foi para a parte da frente do bonde, fez o que lhe havia sido dito, voltou e repetiu: — Muito obrigado, minha senhorita, esse é, de fato, um sistema dos mais práticos... sobretudo para os vigaristas.

— Esses não teriam sorte — replicou a jovem moça. — Aqui existem somente pessoas honradas.

— Estou longe de querer duvidar disso, evidentemente. Mas o que as pessoas terão pensado a respeito de mim?

— Que o senhor é um estrangeiro, conforme de fato é, não? — Ela olhou-o no rosto, curiosa.

— Poderia se dizer que sim — replicou ele. Olhou para o alto, para logo em seguida voltar-se bruscamente à sua acompanhante: — Que tipo de estrangeiro a senhorita pensaria que eu sou?

— Agora que o ouço, obviamente percebo que é alemão, talvez de um lugar bem perto daqui. Mas no começo pensei que viesse de longe: da Espanha, ou de Portugal.

— Portugal? — repetiu ele, e segurou involuntariamente em seu chapéu. — Não, de fato não sou português. Mas de qualquer forma conheço Portugal um pouco — acrescentou ele de passagem.

— Sim, posso imaginá-lo muito bem. O senhor é daqueles que já andou muito pelo mundo afora?

— Um pouco — respondeu Gräsler, e em seus olhos brilhou a lembrança de países e mares estrangeiros. Ele observou com satisfação que o olhar da jovem moça, além de curiosidade, passava a revelar também uma certa admiração. De maneira completamente inesperada, ela disse, no entanto:

— Aqui eu tenho de descer. Desejo que o senhor continue se divertindo muito em nossa cidade.

— Muito obrigado, minha senhorita — disse Gräsler, erguendo o chapéu. A moça havia descido e, já na rua, inclinou a cabeça para ele... de maneira mais íntima do que a curta duração do contato deixaria pressupor que faria. Seguindo uma intuição arrojada, o doutor Gräsler saltou do carro que acabava de se pôr em movimento, caminhou em direção à moça, que estacou admirada, e disse:

— Uma vez que desejou que eu continue me divertindo por aqui, minha senhorita, e já que a nossa conversa começou tão divertida e promissora, talvez fosse melhor se...

— Promissora? — interrompeu-o a moça. — Eu não diria. — E aquilo soou como uma negativa sincera; de modo que ele prosseguiu em um tom mais humilde:

— Eu quis dizer... minha senhorita, que sabeis papear de um modo tão encantador, e que no fundo seria uma pena...

Ela deu de ombros, levemente:

— Eu já estou em casa e me esperam para o jantar.

— Mas talvez uns 15 minutos.

— É de fato impossível. Boa noite. — E voltou-lhe as costas, pronta a ir.

— Por favor, ainda não — exclamou o doutor Gräsler, em voz quase medrosa, de modo que a moça voltou a parar e sorriu. — Por certo não gostaríamos de interromper nossa curta convivência de maneira tão brusca.

Ela havia se voltado para ele mais uma vez e olhou-o, sorridente, por baixo de seu chapéu de palha escuro.

— Com certeza não — disse ela —, isso inclusive nem seria possível. Agora nós nos conhecemos, pois, e é nisso que tudo tem de ficar. E se o senhor por acaso voltar a me encontrar em algum lugar, eu saberei de imediato: esse é aquele senhor... de Portugal.

— Mas e se eu lhe implorasse, minha senhorita, para me proporcionar a oportunidade de um encontro desses, para poder conversar por uma horinha consigo?

— Logo uma horinha? O senhor parece ter bastante tempo livre...

— Tanto quanto lhe agradar, minha senhorita.

— No meu caso lamentavelmente não é assim.

— No meu naturalmente também não é sempre assim.

— Mas agora o senhor está de férias, não?

— De certa maneira, sim. Na verdade, eu sou médico. Permita que eu me apresente. Doutor Emil Gräsler... nascido aqui... e aqui mesmo em casa — acrescentou ele precipitadamente, e como se estivesse confessando uma culpa.

A moça sorriu:

— E o senhor ainda por cima é daqui? — perguntou ela. — Não, como sabe dissimular bem! Diante do senhor é preciso mesmo ficar atenta. — E ela levantou os olhos para ele, balançando a cabeça.

— Pois bem, quando poderei voltar a ver a senhorita? — perguntou Gräsler, mostrando urgência.

Primeiro ela fitou o chão diante de si, pensativa, e depois disse:

— Se não parecer tedioso ao senhor, pode voltar a me acompanhar até em casa, amanhã à tardinha.

— Com muito gosto, com muito gosto. E onde posso esperar pela senhorita?

— O melhor seria, acho, se o senhor caminhasse em frente ao estabelecimento a fim de me esperar; é que eu trabalho na loja de luvas de Kleinmann, número 24, na Wilhelmstrasse. Fechamos às 19 horas. Aí então o senhor poderia, se estiver disposto, voltar a me acompanhar no bonde até aqui. — E ela sorriu.

— A senhorita não tem de fato um tempinho a mais de sobra para mim agora?

— Como é que eu poderia tê-lo? Tenho de estar às 20 horas em casa.

— Então mora com seus pais, senhorita?

Ela voltou a levantar os olhos para ele:

— Acho que agora enfim tenho de lhe dizer quem eu sou. Meu nome é Katharina Rebner, e meu pai é funcionário público do correio real. E lá, o senhor está vendo, no segundo andar, onde a janela está aberta, lá nós moramos: papai, mamãe e eu. E também tenho uma irmã, que já é casada. E ela vem com seu marido hoje à noite, conforme sempre acontece às quintas-feiras. E por isso eu preciso ir para casa.

— Hoje sim... Mas não em todas as noites? — ocorreu ao doutor Gräsler dizer, despachadamente.

— O que quer dizer com isso, senhor doutor?

— A senhorita por certo não fica todas as noites em casa, não é verdade? Obviamente tem amigas, que visita, ou uma ida ao teatro de vez em quando, não?

— Para isso são raras as vezes em que sobra oportunidade.

De repente, ela cumprimentou alguém que passava do outro lado da rua, em tom amistoso. Era um homem não mais muito jovem, vestido de maneira simples, como se fosse um operário em melhores condições; ele carregava um pacote nas mãos e respondeu ao cumprimento dela com brevidade, parecendo não se dar conta da presença de Gräsler.

— Pois esse aí é meu cunhado. Isso quer dizer que minha irmã com certeza já está lá em casa. Agora eu preciso ir mesmo.

— Espero que não resulte em nenhum transtorno para a senhorita o fato de eu ter me permitido acompanhá-la até tão perto do portão de sua casa.

— Transtorno? Afortunadamente, sou maior de idade, e lá em casa já sabem bem com quem estão tratando em relação a mim. Mas agora, adeus, senhor doutor.

— Até amanhã!

— Sim.

O doutor Gräsler repetiu:

— Às 19 horas, Wilhelmstrasse.

Ela ainda estava parada ali, e parecia ponderar alguma coisa, quando de repente levantou os olhos para ele e disse, de maneira um tanto precipitada:

— Sim, 19 horas. Mas... — acrescentou ela, hesitante — já que o senhor falou em teatro, não haveria de me levar a mal se...

— Levar a mal? Por quê?

— Quero dizer, porque antes o senhor falou disso... Se talvez providenciasse bilhetes para o teatro e os trouxesse consigo; haveria de ser muito agradável. Já faz tanto tempo que não vou ao teatro.

— Mas com muito gosto! Estou muito feliz em poder lhe fazer um pequeno obséquio.

— Peço ao senhor para não escolher lugares caros, aos quais provavelmente está acostumado. Isso não me proporcionaria prazer algum.

— Pode ficar tranquila, senhorita... senhorita Katharina.

— E sem dúvida não me levou a mal, senhor doutor?

— Ora, ora... senhorita Katharina, levar a mal...!

— Pois bem, até a vista, senhor doutor. — Ela estendeu-lhe a mão. — Agora eu de fato tenho de me apressar. Sobretudo porque talvez amanhã já volte mais tarde. — Ela se afastou de maneira tão rápida que ele não conseguiu mais captar o olhar que acompanhou suas palavras. Mas na sua voz soara uma vaga promessa.

Quando o doutor Gräsler voltou a estar entre suas quatro paredes, a imagem de Sabine apareceu em sua mente com violência nostálgica. Ele sentiu uma necessidade imperiosa de lhe escrever, ainda que fossem algumas poucas palavras. E, assim, comunicou a ela que havia chegado bem e encontrado sua casa na melhor ordem; que já havia tido uma conversa séria, mas não definitiva, com seu velho amigo Böhlinger, e que no dia seguinte, a fim de não deixar que o tempo passasse sem aproveitá-lo, visitaria o hospital, onde um de seus velhos colegas de universidade, conforme ele lhe contara dia desses, chefiava um dos setores; e ele assinou as linhas precipitadas da seguinte forma:

Em amizade, cumprimentando-a da maneira mais cordial, Emil.

Ele saiu mais uma vez para a rua às pressas e levou pessoalmente a carta à estação ferroviária, a fim de que ela viajasse em direção a seu destino ainda no trem noturno.

9.

NA MANHÃ SEGUINTE, conforme havia prometido a Sabine em sua carta, o doutor Gräsler dirigiu-se ao hospital, recebeu as boas-vindas do médico-chefe e pediu permissão para participar da visita. Acompanhou-a com uma atenção que o satisfez, a ele mesmo, mais do que a qualquer outro; permitiu que lhe fossem dadas explicações mais detalhadas acerca do processo e do tratamento de casos dignos de observação, e não deixou de fazer algumas considerações evasivas, depois das quais cuidou em usar a sentença restritiva: "Até onde é permitido a nós, médicos das termas, distinguir o nexo com a medicina científica."

Almoçou com alguns médicos auxiliares em um refeitório simples, do outro lado da rua em que ficava o hospital, e sentiu-se tão bem na companhia dos jovens colegas de profissão e na troca de informações profissionais que firmou o propósito de voltar com mais frequência. No caminho de volta ao lar, providenciou os bilhetes para o teatro e, já em casa, folheou livros e revistas de medicina, cada vez mais distraído, conforme as horas avançavam, em parte na esperança de receber notícias de Sabine, em parte por imaginar com pouca clareza o provável decorrer da noite que se avizinhava.

A fim de estar bem preparado para enfrentar de maneira adequada qualquer das duas possibilidades, decidiu-se a deixar pronto um lanche frio e algumas garrafas de vinho, coisa que no fim das contas não o obrigava a nenhuma das opções. Saiu à rua, providenciou as compras necessárias e pediu que fossem levadas para casa; e, poucos minutos antes das 19 horas, passeava pela Wilhelmstrasse, dessa vez sem usar o penante romântico do dia anterior, mas — a fim de chamar menos a atenção e também, conforme ele queria acreditar, para testar o caráter genuíno dos sentimentos de Katharina — com o velho e costumeiro chapéu preto e duro.

Ele acabava de olhar uma vitrina, quando a voz de Katharina soou atrás dele:

— Boa tarde, senhor doutor.

Ele voltou-se, estendeu a mão a ela e alegrou-se com a aparição graciosa e bem-vestida, na qual todo mundo por certo suporia uma filha da burguesia, bem-educada, posição na qual ela, conforme o doutor Gräsler disse a si mesmo de imediato, também considerava — e aliás tinha o direito de — estar, na condição de filha de um funcionário público.

— Por quem o senhor acha — disse ela em seguida — que meu cunhado o tomou ontem à noite?

— Não tenho a menor ideia... Também por um português, por acaso?

— Não, isso não. Mas sim por um maestro de igreja. Ele disse que o senhor era igual a um maestro de igreja que ele um dia conheceu.

— Pois não, e a senhorita com certeza o corrigiu em sua opinião, dizendo-lhe quem sou?

— Sim, eu o fiz. Não agi corretamente?

— Oh, eu não tenho razão alguma para fazer segredo da minha profissão. E a senhorita também disse em casa que iria ao teatro comigo hoje?

— Isso não interessa a nenhum deles. E também ninguém me perguntou. Eu bem poderia ir sozinha, caso me desse na telha... não é verdade?

— Claro que poderia, mas eu prefiro... que façamos conforme havíamos combinado.

Ela levantou os olhos para ele, repetindo o trejeito de levar uma de suas mãos à aba do chapéu, e disse:

— Ir só não nos deixa de fato felizes. O teatro é bonito apenas ao lado de uma boa companhia. Alguém tem de estar sentado ao lado de nós, alguém que ria, alguém a quem possamos olhar e...

— E? O que estava dizendo?

— Alguém para beliscar o braço num momento particularmente interessante.

— Espero que hoje não faltem momentos particularmente interessantes... Eu, em todo caso, encontro-me à disposição.

Ela riu baixinho e passou a caminhar mais rápido, como se temesse perder o início do espetáculo.

— Chegamos cedo — disse o doutor Gräsler, quando ambos estavam em pé à frente do teatro. — Ainda há quase 15 minutos.

Ela não o ouviu. De olhos iluminados, correu à frente dele em direção ao primeiro balcão, mal se preocupando com ele quando se mostrou prestativo e pronto a lhe tirar o casaco; apenas quando os dois já estavam sentados em seus lugares, na terceira fila, um ao lado do outro, ele sentiu um olhar agradecido chegando ao seu encontro.

O doutor Gräsler procurou por rostos conhecidos na plateia moderadamente ocupada. Aqui e ali encontrava alguém de quem julgava se lembrar. A ele, sentado na semiescuridão de seu lugar, ao que tudo indicava ninguém reconheceu.

As cortinas se levantaram. No palco era apresentada uma nova farsa alemã. Katharina se divertia muito, e várias vezes chegou a dar gargalhadas, mas sem se voltar para o vizinho. No primeiro entreato, ele comprou para ela um pacote de bombons, que ela aceitou com um sorriso agradecido. Durante o segundo ato, ela acenou com a cabeça em direção a ele, alegre, em passagens que lhe pareciam particularmente engraçadas. Enquanto prosseguia a peça, à qual o doutor Gräsler concedia uma atenção bastante distraída, ele sentiu que dos camarotes alguém o vigiava com um binóculo de ópera.

Reconheceu Böhlinger, cumprimentou-o com naturalidade e não respondeu, de jeito algum, ao olhar vivamente interrogativo do velho amigo. Quando passeava com Katharina pelo vestíbulo durante o último entreato, pendurou-se de repente ao braço dela, coisa que ela deixou acontecer sem opor resistência; em seguida, deu sua opinião acerca do desempenho de alguns dos atores, mas de maneira tão silenciosa e penetrante como se entre ele e sua encantadora acompanhante houvesse um segredo propício; chegou a ficar um pouco decepcionado pelo fato de não encontrar Böhlinger.

O último sinal ressoou, e quando o doutor Gräsler voltou a sentar-se ao lado de Katharina, avançou tão próximo dela que seus braços se tocaram, e como ela não movesse o seu, ele sentiu que pouco a pouco passava a existir entre eles uma relação de intimidade cada vez maior; e, no vestíbulo, quando ajudou-a a entrar no casaco, inclusive pôde cometer a ousadia de acariciar fugazmente os cabelos e as faces dela.

Quando estavam em frente ao portão, ela disse, olhando para ele sob o chapéu, em uma voz que não soou de todo séria:

— Agora eu tenho de ver se volto para casa.

— Mas o que é isso? — retrucou ele, em tom jeitoso. — A senhorita haverá de, conforme espero, conceder-se a honra de dividir comigo minha modesta refeição, querida senhorita Katharina.

Primeiro ela olhou para ele, como se a perguntar, em seguida acedeu de maneira tão séria e precipitada como se subentendesse inclusive mais do que ele tinha dito. E como dois amantes, cujos passos são acelerados pela paixão, braço no braço, eles se apressaram pelas ruas noturnas em direção à casa do doutor Gräsler.

Quando chegaram e ele foi acender a luz do escritório, Katharina olhou a sua volta, contemplando quadros e livros com olhos curiosos.

— A minha casa lhe agrada? — perguntou ele.

Ela aquiesceu.

— Mas é uma casa bem velha, não é verdade?

— Com certeza tem uns trezentos anos...

— E como tudo parece tão novo!

Ele se ofereceu com gosto a lhe mostrar as demais dependências, que em sua decoração e ordem encontraram, todas, a aprovação dela; todavia, quando ela entrou com ele no quarto da irmã falecida, olhou-o estranhada.

— O senhor não é casado, no final das contas — disse ela —, e sua esposa está... viajando?

Primeiro ele riu, em seguida traçou uma cruz na própria testa e, com a voz abafada, disse que aquele quarto totalmente renovado em sua mobília estava destinado à irmã, que havia falecido poucos meses antes, no Sul.

Katharina o olhou nos olhos como se o estivesse testando; em seguida aproximou-se dele, tomou-lhe a mão e com a sua, a acariciou, aduladora, coisa que fez um bem enorme a ele. Logo depois ele desligou a luz e ambos foram para a sala de jantar, e só agora Katharina deixou-se levar ao vestíbulo a fim de tirar casaco e chapéu. Mas, depois disso, em pouco ela já se sentia como se estivesse em casa.

Quando ele se dispôs a pôr a mesa, ela não o permitiu, e fez questão de dizer que aquilo era coisa dela. Ouvindo a ordem brincalhona da moça, ele tomou lugar sobre uma poltrona afastada e passou a contemplar seus movimentos em comoção silenciosa, vendo-a encaminhar todos os preparativos, caseira e maternalmente, para o jantar, se movendo com uma habilidade que fazia pensar que ela jamais havia feito outra coisa a não ser se preocupar com as lides do lar, e não apenas ali, na sala de jantar, mas também lá fora, na cozinha e na despensa.

Por fim os dois se sentaram à mesa, ela serviu-os, ele encheu as taças e os dois comeram e beberam. Ela palrava encantada com o espetáculo da noite, e ficou admirada ao ouvir de Gräsler que ele raras vezes ia ao teatro, que para ela parecia representar o suprassumo de todos os gozos terrenos.

E em seguida ele explicou a ela que o modo como ele levava sua existência não lhe permitia prazeres desse tipo por muitas vezes, que ele mudava de moradia de seis em seis meses, que inclusive acabava de voltar de uma cidadezinha de águas termais alemã, e que em pouco estaria de novo no mar, viajando em direção a uma ilha distante, onde não existia inverno, onde havia palmeiras imensamente altas e as pessoas andavam em carros pequenos, sob um céu escaldante, pela terra amarela adentro. Katharina perguntou se lá também havia muitas cobras.

— Há maneiras de se defender delas — disse ele.

— E quando o senhor terá de ir para lá de novo?

— Logo. A senhorita gostaria de ir junto? — perguntou ele em tom de brincadeira, e logo sentiu em seu ânimo, exaltado pelo vinho desfrutado às pressas, que um pingo de verdade tremia no fundo dessa brincadeira.

Ela respondeu calmamente, mas sem levantar os olhos para ele:

— Por que não?

Ele sentou-se mais perto dela e deitou seu braço suavemente em volta do pescoço da moça. Ela opôs resistência, coisa que não deixou de agradar a ele. Em seguida, ele se levantou e decidiu-se a tratar Katharina como se fosse uma dama a partir de agora, e cortesmente lhe pediu permissão para acender um charuto. Depois disso, já fumando, caminhando pelo quarto para lá e para cá, ele falou seriamente e cheio de respeito sobre a marcha estranha dos dias humanos, dos quais a gente não era capaz de prever o que aconteceria em um só que fosse; e em seguida falou de todos os lugares, no Norte e no Sul, para os quais sua profissão já o levara, deixando em suspenso para onde ela ainda haveria de levá-lo; ao discursar, às vezes se postava ao lado de Katharina, que comia nozes e tâmaras, e deitava de mansinho a mão sobre seus cabelos castanhos.

Katharina, que o ouvia, participativa, e por vezes o interrompia com perguntas curiosas, deixava perceber, de quando em quando, um cintilar zombeteiro nos olhos, o que sempre levava o doutor a prosseguir em sua narrativa ainda mais fluida e objetivamente. Quando o relógio da parede tocou meia-noite, Katharina levantou-se, como se aquele fosse o sinal irrevogável para a partida; e Gräsler agiu de modo completamente indignado, ainda que no fundo de sua alma sentisse um certo alívio.

Antes de partir, Katharina tirou a mesa, botou as poltronas em seus devidos lugares e arrumou o ambiente. Na porta, ergueu-se de maneira repentina sobre a ponta dos pés e ofereceu seus lábios ao doutor para um beijo.

— Por que o senhor se mostrou tão bem-comportado... — disse ela então, e em seus olhos voltou a relampejar uma expressão peculiarmente zombeteira.

Desceram as escadas ao clarão de uma vela trêmula, que Gräsler carregava abrindo caminho. Na esquina mais próxima havia um coche, Gräsler subiu com Katharina, ela se apoiou a ele, ele envolveu o pescoço dela; e assim os dois seguiram mudos em meio às ruas escuras até que, próximos à casa de Katharina, Gräsler puxou a moça com mais força para junto de si, cobrindo sua boca e suas faces de beijos apaixonados.

— Quando é que voltarei a te ver? — perguntou ele, assim que o coche, seguindo o desejo de Katharina, estacou a alguma distância de sua casa. Ela prometeu a ele voltar a vir na tardinha do dia seguinte. Em seguida, a moça desceu, pediu-lhe que não a acompanhasse até o portão e desapareceu à sombra das casas.

Na manhã seguinte, o doutor Gräsler não sentiu a menor vontade de visitar o hospital; mas quando, mais tarde, passeava pelo parque central da cidade sob um céu claro e fresco de outono, em uma hora do dia em que as outras pessoas estavam preocupadas com seu trabalho, anunciaram-se nele uns leves protestos da consciência, como se devesse explicações não apenas a si mesmo, mas também a alguém; e ele sabia que esse alguém era Sabine.

A lembrança do sanatório do doutor Frank de repente voltou a se impor com violência; Gräsler reconsiderou todas as reformas que tinham de ser feitas, cogitou a construção de novas salas com piscinas, esboçou projetos em palavras de grande poder convincente, com um arrojo que jamais havia se manifestado nele, e jurou a si mesmo que na mesma hora em que chegasse uma notícia de Sabine ele viajaria de volta e botaria as coisas em ordem.

Mas se ela não respondesse também à sua última carta, então estaria tudo acabado, pelo menos entre ele e ela... Pois fazer a compra do sanatório depender apenas do comportamento de Sabine, para isso não existia o menor motivo; e até mesmo não seria má ideia... Era, inclusive, uma ideia demoniacamente interessante, mudar-se para o prédio reformado com todo o esplendor na companhia de uma outra senhora diretora... Possivelmente, com uma que não o considerasse um egoísta, um meticuloso, um solteirão aborrecido, conforme Sabine o considerava. E se tivesse vontade de escolher a senhorita Katharina como sua acompanhante, ninguém teria o direito de continuar vendo nele um sujeito meticuloso por demais ou um filisteu.

Deixou-se cair sobre um banco. Crianças passaram correndo à frente dele. Na folhagem amarelada, bailavam raios outonais. De uma fábrica distante, ouviu a sirene anunciando o meio-dia. Hoje à tardinha, pensou ele. Hoje à tardinha! Será que a juventude voltará a se levantar em mim? Será que ainda é tempo para tais aventuras? Não seria melhor, no fundo, ficar de olho vivo e comportar-se com decência? Partir? Logo, sem demora... Tomar o próximo navio e viajar para Lanzarote? Ou de volta... para Sabine? Para o ser de alma pura? Hummm! Quem sabe, como a vida dela teria se arranjado, tivesse ela encontrado o homem certo na hora oportuna... Não justamente um tenor desavergonhado ou um médico pessimista...

Ele levantou-se e decidiu, por ora, ir almoçar no restaurante distinto, onde não seria molestado pelos mexericos profissionais dos jovens colegas como no dia anterior; sobre todo o resto poderia se decidir mais tarde.

10.

MAL HAVIA SENTADO À SUA MESA de trabalho após o meio-dia e aberto o atlas anatômico que por acaso ali se encontrava, quando bateram à porta, e a esposa do tipógrafo, que havia se colocado à disposição para zelar por sua casa de solteirão, entrou na sala e, debaixo de um milhão de desculpas, apresentou seu pedido, querendo averiguar se o senhor doutor porventura não faria a graça de a presentear com uma ou outra peça de roupa do guarda-roupa da lamentavelmente falecida e amável senhorita. Gräsler franziu a testa. Essa pessoa, pensou ele, não teria ousado fazer um pedido tão, sim... quase desavergonhado, se não soubesse que eu recebo visitas femininas aqui em minha casa.

Ele respondeu evasivamente, dizendo que, conforme o último desejo da finada, pensava em doar toda a sua herança sobretudo a instituições de caridade, mas que em todo caso sequer havia tido tempo de verificar o que ela deixara, e portanto estava impedido, pelo menos por enquanto, de lhe prometer alguma coisa. Logo em seguida ficou claro que, para o caso de ser necessário, a mulher já trouxera junto a chave do sótão; ela estendeu-a ao doutor com um sorriso impertinente, agradeceu de maneira tão exagerada como se seu pedido já tivesse sido realizado e em seguida se afastou.

E, uma vez que o doutor Gräsler tinha a chave nas mãos, e no fundo estava contente por ter achado um passatempo para as horas vazias a sua frente, decidiu fazer uma visita ao sótão, que em seus tempos de criança ele jamais havia visto. Subiu os degraus de madeira, abriu e entrou em um aposento estreito, que deixava penetrar uma luz tão escassa pela claraboia oblíqua, a ponto de obrigar Gräsler a avançar com cuidado até que seus olhos se acostumassem.

Espalhados pelos cantos escuros, havia móveis e utensílios supérfluos e esquecidos, mas a parte central estava ocupada por caixas e malas. A primeira que Gräsler abriu parecia não ter nada mais do que cortinas e roupas de cama, e Gräsler, que nem de longe pensava em desarrumar as malas e arrumar as coisas, voltou a deixar a tampa cair. Uma caixa alongada, em forma de esquife, que ele agora abria, deixava supor um conteúdo bem mais interessante. Gräsler viu papéis de todos os tipos a sua frente, todos eles ocupados por escritos, parte em formato de arquivo, cartas em envelopes, pacotinhos de maior ou menor tamanho; sobre um dos últimos, leu: "Do espólio de papai."

Para o doutor Gräsler era uma novidade o fato de a irmã ter guardado coisas daquele tipo com tanto cuidado. Tomou um segundo pacote nas mãos, selado três vezes, sobre o qual estava escrito, em letras garrafais: "Queimar sem ler." O doutor Gräsler sacudiu a cabeça, melancólico. Quando eu tiver a oportunidade, pensou ele, haverei de cumprir teu desejo, minha pobre Friederike. Botou o pacotinho, que parecia trazer apenas diários e inocentes cartas de amor dos tempos de menina, de volta em seu lugar, e abriu a terceira mala, na qual estavam guardados lenços, xales, faixas e rendas amarelecidas.

Parte das coisas ele ergueu, deixando-as escorregar pelos dedos, acreditando reconhecer uma ou outra peça dos tempos de sua mãe, e até mesmo de sua avó. Algumas das peças a própria irmã havia usado, sobretudo em tempos passados, e o belo cachecol indiano com folhas verdes e flores bordadas, que muitos anos atrás um paciente rico lhe havia dado, antes de partir, para que presenteasse a irmã, ele lembrava que a irmã ainda o carregara sobre os ombros havia não muito tempo. Esse cachecol, bem como algumas das outras peças, por certo ainda teria serventia, tanto à esposa do tipógrafo quanto a uma instituição de caridade... Mas tanto mais a uma dama jovem e agradável, que se mostrava tão amável com um velho solteirão solitário, a ponto de querer lhe alegrar e adoçar as poucas e pobres horas que ele passava em sua cidade natal. Ele fechou a mala com cuidado especial, mas estendeu o cachecol, bem alisado, sobre o braço, e, com um sorriso divertido bailando nos lábios, deixou o aposento, que pouco a pouco submergia na escuridão.

Não teve de esperar por muito tempo até que Katharina, um pouco adiantada em relação à hora prevista, apareceu, vindo direto da loja e sem ter se embelezado antes, conforme ela, desculpando-se a gracejar, observou. O doutor Gräsler se alegrou por ela estar ali, beijou-lhe a mão e indicou, com uma reverência humorística, o cachecol, que estava deitado sobre a mesa.

— Mas o que é isso? — perguntou ela, como se estivesse surpresa.

— Uma coisa para embelezar — respondeu ele —, ainda que isso não seja absolutamente necessário no caso presente.

— Mas que ideia é essa? — disse ela. Pegou o cachecol nas mãos, fê-lo deslizar entre os dedos, colocou-o em volta dos ombros, admirou-se em frente ao espelho ainda sem dizer palavra, até enfim se aproximar de Gräsler, mostrando um encanto sincero, para em seguida levantar os olhos em direção a ele, tomar sua cabeça com as duas mãos e puxar os lábios do homem até junto dos seus.

— Eu agradeço ao senhor mil vezes — disse ela em seguida...

— Isso não me é suficiente...

— Pois bem, um milhão de vezes...

Ele sacudiu a cabeça. Ela sorriu.

— Eu te agradeço — disse ela então, e ofereceu seus lábios para o beijo.

Ele a tomou nos braços e logo lhe contou que fora buscar a peça, especialmente para ela, no sótão, e que por certo havia mais coisas a serem encontradas nas caixas e malas, que haveriam de ficar pelo menos tão bem nela quanto aquele cachecol. Ela balançou a cabeça como se nunca mais quisesse voltar a aceitar um presente tão valioso.

Ele perguntou o que ela achara da noite passada, se tivera muito a fazer na loja no dia de hoje; e depois de ela ter desembuchado tudo o que ele queria saber, ele relatou a ela, como se fosse uma amiga querida, de longa data, o que havia feito durante o dia: que havia deixado o hospital de lado e em vez disso, preferira vadiar pelo parque central da cidade, para se lembrar dos velhos tempos, quando ainda era criança e brincara entre os muros envelhecidos, cobertos de relva.

E em seguida passou a falar de várias coisas de seu passado, sobretudo — coisa que lhe ocorreu meio por acaso, meio a propósito — de seus tempos de médico de bordo; e quando Katharina, com suas perguntas infantis e curiosas acerca da aparência, das vestimentas típicas e hábitos de povos estranhos, de recifes coralinos e das tempestades marítimas, o interrompia, ele se sentia como se estivesse refazendo coisas que pouco tempo atrás havia conferenciado, debaixo de aplausos, a esferas mais elevadas, a fim de torná-las adequadas a um público mais ingênuo, mas tanto mais agradecido; e, involuntariamente, ele assumiu o tom e o discurso de um avô contador de histórias, que à meia-luz de uma sala de visitas procurava comover e cativar crianças atentas com suas narrativas cheias de aventuras singulares.

Katharina, que mantinha suas mãos coladas às dele, sentada a seu lado sobre o divã, acabara de se levantar para encaminhar os preparativos para a ceia, quando a campainha soou lá fora. Gräsler sentiu um leve sobressalto. O que significava aquilo? Seus pensamentos estavam revoltos. Um telegrama? Da casa da guarda-florestal? Sabine? Seu pai estava doente? Ou talvez a mãe? Ou havia alguma coisa com o sanatório? Uma pergunta urgente da parte do proprietário? Um novo comprador havia se anunciado? Ou, no final das contas, era Sabine em pessoa que lá estava? O que poderia fazer, nesse caso? Fosse assim, ela jamais voltaria a pensar que ele era um filisteu. Mas moças jovens de alma pura não tocam a campainha da casa de solteirões a essa hora da noite...

Logo a campainha voltou a soar, ainda mais estridente, pela segunda vez. Ele viu o olhar de Katharina dirigido sobre si, interrogador e desembaraçado. Desembaraçado em demasia, conforme lhe pareceu de repente. A campainha talvez tivesse a ver com ela. O cunhado, o pretenso cunhado? Um negócio maquinado? Uma tentativa de extorsão? Ah! Era bem feito... Como é que ele pudera cair em uma dessas! Velho bobo, que ele era... Mas... eles não se dariam bem nessa. Ele não se deixaria intimidar. Havia enfrentado perigos bem maiores... Com todos os demônios! Uma bala havia passado raspando por ele em uma ilha dos Mares do Sul. Um oficial da marinha, louro e belo, caíra morto ao lado dele.

— Tu não queres ver quem é? — perguntou Katharina, e pareceu se admirar com seu olhar estranho.

— Claro — replicou ele.

— Quem é que pode ser... tão tarde? — ele ainda a ouviu perguntando, a hipócrita, quando já estava junto à porta da sala. Ele fechou-a atrás de si e não deixou de olhar primeiro pelo postigo da porta que levava às escadarias. Ali havia uma figura feminina qualquer, de cabeça nua, com uma luz nas mãos.

— Quem está aí? — perguntou ele.

— Por favor, o senhor doutor está em casa?

— O que a senhora deseja? Quem é?

— Por favor, eu sou a criada da senhora Sommer.

— Eu não conheço nenhuma senhora Sommer.

— A inquilina do primeiro andar. Sua filha está passando muito mal. Não posso falar com o senhor doutor...?

Gräsler abriu, suspirando. Ele sabia que uma tal de viúva Sommer, com sua filhinha de 7 anos, morava na casa. Era, com certeza, a bela mulher em vestido de luto, que ele ainda no dia anterior havia encontrado na escada, para a qual inclusive se voltara... sem pensar em alguma coisa especial no ato.

— Eu sou o doutor Gräsler, o que a senhora deseja?

— Se o senhor doutor tivesse a bondade de ver o que está acontecendo, a pequena está com a cabeça em fogo e não para de chorar.

— Aqui na cidade eu não tenho consultório nem dou consultas, estou apenas de passagem. Acho que seria melhor se a senhora fosse procurar um outro médico.

— Sim, mas até encontrar um, à noite...

— Ainda não é tão tarde.

Um raio de luz, vindo de uma porta aberta repentinamente, caiu sobre o corredor do andar de baixo; uma voz sussurrante fez-se ouvir:

— Anna!

— Essa é a senhora Sommer — disse a criada, às pressas. E depois foi até o corrimão da escada.

— Sim, senhora?

— Por onde andas, tanto tempo assim? O doutor não está em casa? — Também o doutor Gräsler foi até o corrimão e olhou para baixo.

A mulher, próxima ao início das escadarias, cujas feições desapareciam à meia-luz do ambiente, levantou seus braços como se tivesse encontrado um salvador.

— Deus seja louvado! Não é verdade, senhor doutor, o senhor já está vindo, não é? A criança... Eu não sei o que há com ela...

— Eu... Eu já vou, naturalmente. Peço apenas um minuto de paciência à senhora. Vou levar o termômetro junto; um minuto apenas, senhora...

— Obrigada — sussurrou ela, enquanto o doutor Gräsler fechava a porta atrás de si. Ele entrou às pressas no quarto onde Katharina, parada a esperar, com as mãos apoiadas à mesa, olhou na direção dele.

Ele se sentia cheio de um carinho profundo por ela, tanto mais pelo fato de tê-la posto sob uma suspeita tão estúpida havia pouco. Sim, ela lhe pareceu tocante, até angelical. Foi até a moça e acariciou seus cabelos.

— Nós não temos sorte — disse ele —, eu muito menos. Acreditas que me chamaram para cuidar de uma criança doente, aqui em casa mesmo, e eu por certo não posso recusar. De modo que não me resta nada a fazer a não ser te levar a um coche...

Ela tomou a mão dele, que ainda repousava sobre sua cabeça.

— Estás me mandando embora?

— Sem a menor vontade, podes crer. Ou... esperarias por mim, até eu estar pronto.

Ela acariciou a mão dele.

— Se não demorar muito?

— Vou fazer tudo para me apressar. Tu és muito, mas muito querida.

Ele beijou-a na testa, foi correndo ao quarto buscar sua bolsa de instrumentos preta, que estava sempre pronta a ser usada, e ainda avisou a Katharina que não o esperasse para jantar; quando já estava à porta, voltou os olhos mais uma vez para ela, que lhe acenou, amável, e em seguida desceu a escadaria às pressas, na previsão venturosa de, após a volta da seriedade sombria de sua profissão, ser recebido com amor por uma coisinha jovem e toda graciosa.

A senhora Sommer estava sentada à cama de sua filha, que rolava de um lado a outro, febril, quando o doutor Gräsler entrou. Passou a um exame cuidadoso da pequena paciente, depois de algumas perguntas e observações introdutórias, e, uma vez pronto, julgou-se obrigado a confirmar a suspeita de que um eczema provavelmente causaria uma erupção. A mãe comportou-se como se estivesse desesperada. Disse ter perdido um filho havia três anos, e que seu marido havia morrido meio ano antes, em uma viagem de negócios ao estrangeiro; sim, ela nem mesmo chegara a ver seu túmulo. O que haveria de ser dela, se lhe fosse roubada a última coisa que lhe restava?

O doutor Gräsler esclareceu que por enquanto não havia razão para apreensões, que talvez tudo não passasse de uma simples inflamação na garganta e que uma criança tão bem alimentada e forte como aquela haveria de conseguir opor resistência a uma doença bem mais grave. E ele ainda usou vários recursos na tentativa de acalmar a mãe, e observou com satisfação que a racionalidade de suas palavras tinha efeito positivo sobre ela. Prescreveu o que era necessário; a criada foi mandada à farmácia mais próxima; enquanto isso Gräsler ficou junto à cama da doente, medindo o pulso da criança de minuto a minuto e tocando sua testa quente e ressecada com frequência, onde sua mão chegou a encontrar a da mãe aflita algumas vezes. Depois de um longo silêncio, esta voltou a sussurrar uma série de perguntas medrosas; o médico tomou sua mão, paternalmente, falou com ela de maneira amável, e não conseguiu afastar o pensamento de que Sabine certamente se mostraria satisfeita com ele naquele instante, percebendo, ao mesmo tempo, no clarão verde e pálido da lâmpada pendurada ao teto, que o vestido caseiro leve e flutuante da jovem viúva ocultava formas bastante graciosas.

Quando a criada voltou, ele se ergueu, repetindo o que já havia mencionado ao chegar, ou seja, que ele lamentavelmente não tinha condições de assumir o tratamento posterior da criança, uma vez que já nos próximos dias teria de partir. A mãe implorou-lhe para que continuasse a visitar a criança pelo menos durante o período em que permanecesse na cidade. Ela havia tido experiências demasiado ruins com os médicos do lugar, ao passo que por ele fora tomada desde logo por uma confiança sem reservas; e se havia alguém em condições de salvar-lhe a amada criança, isso ela sentia, esse alguém era ele. De modo que não restou a Gräsler outra coisa a fazer a não ser atender de maneira provisória às expectativas da mãe, prometendo-lhe que voltaria a fazer uma visita à criança na manhã seguinte; e, depois de ter ficado ainda um instante a contemplar em silêncio a criança doente, que agora respirava mais tranquila, ele apertou a mão da mãe cordialmente e despediu-se, seguido por seus olhares calorosos e agradecidos.

Às pressas, ele subiu ao segundo andar, abriu a porta de sua casa e entrou na sala de jantar, que encontrou vazia. Ela perdeu a paciência bem rapidinho, pensou consigo mesmo. Mas isso era de se esperar. Talvez fosse melhor assim, uma vez que a criança lá embaixo poderia até mesmo ter sido vítima de uma doença transmissível. Isso inclusive havia passado por sua cabeça. Sabine, claro, não teria fugido em um caso desses. De toda a forma, a outra não havia mostrado pruridos em beliscar com vontade o jantar. Observou a mesa com os restos da ceia e seus lábios palpitaram de desprezo.

Não seria má ideia, disse ele então a si mesmo, cuidar em ir mais uma vez ao primeiro andar, a fim de fazer companhia à bela viúva. Considerou que poderia conseguir dela, ainda a essa hora, junto à cama da criança febril, o que ele queria; o arrepio diante da abjeção da ideia nem sequer lhe pareceu desagradável.

— Mas eu não haveria de descer de novo — disse ele para consigo —, eu sou e ficarei sendo um filisteu, pelo que Sabine inclusive haveria de me perdoar, nesse caso.

A porta que dava para o escritório estava aberta. Ele entrou e acendeu a luz. Naturalmente Katharina não se encontrava ali. Voltou a desligar a lâmpada, e só então percebeu que através da fresta de seu quarto vinha um raio de luz. Uma leve esperança levantou-se dentro dele. E hesitou, pois se sentia bem ao se aquecer por um momento no calor dessa esperança. Em seguida ouviu, vindo de dentro, um sussurrar e um farfalhar. Abriu a porta. Lá estava Katharina, deitada, ou muito antes sentada ereta em sua cama, levantando os olhos de um livro volumoso, que ela segurava sobre a coberta com as duas mãos.

— Tu não estás bravo — disse ela com simplicidade. Seus cabelos castanhos, encaracolados de leve, caíam soltos sobre seus ombros pálidos. Como ela era bela! Gräsler ainda se encontrava em pé junto à porta, sem se mover. Ele sorriu; o livro que descansava sobre a coberta era o atlas anatômico.

— O que foi que escolheste para olhar? — disse ele, aproximando-se dela com algum embaraço.

— Ele estava em cima da tua escrivaninha. Eu não deveria tê-lo feito? Perdão! Mas de outra forma eu talvez tivesse adormecido, e quando isso acontece ninguém consegue me acordar.

Os olhos dela sorriram, sem manifestar a menor zombaria... quase devotos. Gräsler sentou-se junto dela à cama, puxou-a para si, beijou-a no pescoço, e o pesado livro se fechou em um ruído surdo.

II.

NA MANHÃ SEGUINTE, enquanto o doutor Gräsler visitava sua pequena paciente, cujo escarlate do rosto já havia se suavizado bastante, Katharina desapareceu de sua casa, voltando a aparecer, todavia, já no início do entardecer; para surpresa de Gräsler, trazia junto consigo uma pequena mala. Sim, ela havia mencionado na noite anterior que tinha direito a uma semana de férias por ano, da qual, como se tivesse previsto alguma coisa, ela não havia feito uso durante o verão; e ele, na embriaguez dos primeiros abraços, convidara a moça a uma pequena viagem de lua de mel depois de ouvi-la...

Mas agora que ela se apresentava tão equipada, dirigindo-se a ele com as alegres palavras: "Aqui estou; se quiseres podemos ir direto à estação de trem", alguma coisa se levantou, em atitude de defesa, dentro dele, opondo-se a essa maneira de ver alguém tomando posse de sua existência, sem mais nem menos; e ele se sentiu quase feliz ao chamar a atenção da moça para seus deveres de médico, que o obrigavam a ficar na cidade durante os próximos dias.

Katharina não pareceu se mostrar particularmente abatida por causa disso, e logo seguiu tagarelando acerca de outras coisas; chamou-lhe a atenção para seu belo par de luvas amarelas novinho em folha, contou a respeito do chefe de sua firma, que acabara de voltar de Paris e Londres com novas mercadorias, e caminhava pelo quarto, de um lado a outro, aproveitando para colocar alguns livros em seus devidos lugares e arrumar a escrivaninha, enquanto Gräsler, parado junto à janela, silencioso e de certa maneira tocado, contemplava a atividade dela.

Seu olhar caiu sobre a pequena mala, que se encontrava em pé sobre o assoalho, triste e como que envergonhada; e então uma leve compaixão se manifestou dentro dele ao pensar que aquela boa moça teria de voltar a partir com a mala assim como havia chegado. No princípio, evitou expressar alguma coisa nesse sentido; mais tarde, no entanto, quando estava sentado à escrivaninha, e ela, como uma criança, enlaçava os braços em volta de seu pescoço, sentada em seu colo, ele disse:

— E teria de ser mesmo uma viagem? Não gostarias de simplesmente passar tuas férias aqui, em minha casa?

— Isso não será possível, lamentavelmente — replicou ela, em voz fraca.

— Por que não? Por acaso não é maravilhoso aqui? — Ele apontou pela janela em direção às colinas e à linha do horizonte, e acrescentou, em tom de brincadeira: — Com alimentação e alojamento também deves estar satisfeita...

E, tomando uma decisão súbita, ele levantou-se, estendeu o braço a Katharina, puxou-a para o quarto de sua falecida irmã, acendeu a luz da cabeceira, fazendo um brilho avermelhado e suave circular pelo aposento agradável, e, com um gesto distinto, ofereceu de presente à amante tudo o que os olhos dela conseguiam abarcar. Katharina permaneceu muda e em seguida sacudiu a cabeça, mostrando uma expressão séria.

— Não queres? — perguntou Gräsler com carinho.

— Não é possível, de qualquer forma — replicou ela, baixinho.

— Por que não? Com certeza é possível. — E como se não tivesse nada mais a combater nela do que um sentimento supersticioso, ele esclareceu: — Tudo é novo, inclusive o papel de parede. Em tempos passados isto aqui nem de longe estava tão bonito. — E, um tanto hesitante, ele acrescentou: — Tudo tinha de ser assim mesmo, no final das contas.

— Não diz isso — replicou a moça, como se estivesse assustada. Em seguida ela olhou a sua volta pelo quarto, suas feições clarearam e ela acariciou, como se a estivesse testando, a capa da espreguiçadeira posta junto à cama. Depois seus olhos caíram sobre as cortinas transparentes que, estendidas sobre a mesa do toalete, deixavam ver uma bela penteadeira e vários frasquinhos de vidro polido. Enquanto ela ficava parada, ali, submersa na contemplação, Gräsler deixou o quarto às pressas para voltar depois de poucos segundos com a pequena mala nas mãos.

Ela voltou-se para ele, estremeceu de leve e sorriu um tanto incrédula; ele anuiu, ela sacudiu a cabeça em negação... Depois, como se enfim dominada, ela abriu os braços em direção a ele; ele pôs a maleta ao chão e com um orgulho comovido abraçou a amante junto ao peito.

Foi um tempo maravilhoso, tão bom como Gräsler poucas vezes o havia vivido, mesmo em sua juventude. Os dois, como se fossem um casal venturoso, unido havia pouco, permaneceram entre as quatro paredes aconchegantes da casa praticamente o dia inteiro, atendidos com cuidado pela esposa do tipógrafo, que se mostrava tanto mais satisfeita com um estado de coisas que estava longe de ser habitual, e inclusive aceitável naquele lugar, depois de o doutor Gräsler ter atendido seu desejo pouco modesto, presenteando-a de maneira generosa com peças tiradas ao guarda-roupa de sua falecida irmã.

À hora do entardecer, o jovem casal, de braço dado, ambos colados um ao outro, gostava de passear pelas ruelas mais tranquilas da cidade; em uma das vezes, nas horas ensolaradas logo após o meio-dia, os dois foram em coche aberto em busca de ar livre, sem a mínima preocupação com a possibilidade de encontrar parentes de Katharina, que acreditavam que a jovem moça visitava uma amiga, no interior.

Certo dia, quando ainda estavam sentados à mesa, apareceu Böhlinger, e o doutor Gräsler, depois de refletir um pouco sobre se deixaria o amigo entrar ou não, sentiu-se tanto mais feliz mais tarde por tê-lo recebido, quando o advogado demonstrou a maior cortesia em relação à companheira graciosa de seu amigo, tratando-a por amável senhorita e, depois de discutirem rapidamente assuntos de negócios que o haviam levado até ali, despedira-se dela de maneira cosmopolita e fria com um beijo leve na mão de Katharina.

Gräsler, todavia, mostrou-se tomado por um carinho ainda maior em relação a Katharina depois do ocorrido, ao vê-la sair-se tão bem na condição de dona de casa também em situações de caráter social.

12.

O DOUTOR GRÄSLER visitava sua pequena paciente todos os dias, depois do quê, para cortar a possibilidade de botar em perigo a saúde de Katharina, costumava fazer um passeio de meia hora. O caso, que havia se mostrado tão ameaçador no princípio, passou a evoluir surpreendentemente bem, e, depois de a excitação temerosa dos primeiros dias haver sumido, a senhora Sommer mostrou ser uma dama muito sociável, alegre e inclusive boa de conversa; e, se isso podia ser interpretado como acaso, ou intenção não se pode dizer, em todo caso, ela parecia não dar muita atenção para ver se o robe no qual recebia o médico de sua filha estava fechado cuidadosamente até o pescoço, conforme um recato mais severo talvez exigisse.

Ela jamais perdia a oportunidade de se informar a respeito do estado da "pequena amiga" de Gräsler, conforme ela gostava de chamar Katharina, e lhe perguntava se ele pretendia levar seu tesouro consigo para a África — de um dia para outro havia se decidido a caracterizar assim o local em que Gräsler costumava ficar durante o inverno —, ou se lá já o aguardava uma outra beldade, uma negra talvez, que se consumia de saudades dele... E por fim ela queria obrigá-lo a aceitar uma caixa de chocolates de presente, para Katharina, coisa que ele — a fim de evitar o perigo da eventual transmissão — achara correto recusar.

Katharina, de sua parte, não poupava observações acerca da jovem viúva, observações que, embora viessem carregadas de um ressaibo zombeteiro, motivado pelo ciúme, ao que tudo indica, não pareciam de todo injustas segundo a impressão pessoal do doutor Gräsler. A fama da senhora Sommer, mesmo nos tempos em que o marido ainda era vivo — ele ficava bem pouco no lar conjugal, na condição de caixeiro-viajante que era —, jamais havia sido das mais limpas; quando casaram, ela já tinha a filha pequena, e a hipótese de seu marido ser também o pai da criança era tida como bastante improvável. Tudo isso havia sido dito a Katharina pela mulher do tipógrafo, com a qual ela gostava de conversar nas raras horas em que o doutor Gräsler — mais, aliás, e em todo caso de maneira mais íntima do que seria agradável para ele — se encontrava ausente de casa.

Certa vez ele procurou chamar a atenção da amante para o caráter inadmissível de tal contato; mas quando Katharina mostrou nem sequer compreender seus receios, ele não voltou a falar do assunto, já que não queria deixar que o curto período de tempo que duraria sua ventura fosse turvado por desavenças de qualquer natureza, até porque, além de tudo, estava decidido a encarar a experiência apenas como uma doce aventura, à qual não permitiria qualquer espécie de prorrogação.

Por isso, quando ela lhe perguntava, humilde e como que sem intenção, sobre seus planos para o inverno, e começava a se informar sobre as relações sociais e climáticas da ilha de

Lanzarote, ele conduzia a conversa de maneira tão descompromissada quanto possível, dirigindo-a em pouco tempo para outro assunto qualquer, a fim de evitar ao máximo que surgisse nela qualquer tipo de esperança, que ele se sabia bem pouco disposto a satisfazer. No desejo constante de gozar aquelas curtas semanas sem deixar que a menor sombra as perturbasse, ele jamais perguntara muita coisa acerca do passado da moça, contentando-se com o presente e alegrando-se não apenas pela ventura que gozava, mas inclusive, e talvez mais ainda, pela ventura que era capaz de conceder a ela.

E, pouco a pouco, enquanto os dias e as noites avançavam, sobretudo nas horas matinais, quando Katharina estava deitada a seu lado a cochilar, a saudade de Sabine começou a se manifestar com violência dentro dele. Ele refletiu o quanto seria mais feliz, o quanto sua existência poderia se orientar de maneira mais nobre, se em vez dessa moçoila de loja, pequena e bonitinha, que além do contador, do qual havia sido noiva, com certeza ainda havia tido mais um par de amantes, que enganava seus pais honestos e fofocava com a vizinha... se, em vez dessa criaturinha insignificante, cuja graça e bondade ele não deixava de reconhecer, estivesse repousando sobre o travesseiro a cabeça loura daquele ser maravilhoso, que havia se consagrado como sua companheira com uma alma tão pura, à qual ele, por uma falta completamente infundada de autoconfiança, havia desprezado.

Sim, porque ele já não podia mais se iludir sobre o fato de que ela havia interpretado sua carta tímida e estúpida como uma recusa decidida, conforme, aliás, a mesma no fundo havia sido imaginada por ele na época. Mas será que era impossível remediar aquilo que ele havia estragado com sua inabilidade e sua precipitação? Seria possível que os sentimentos que Sabine havia demonstrado a ele, declarando-os de uma maneira tão refletida e cuidadosa, simplesmente haviam se apagado? Será que eles jamais poderiam voltar a ser acesos? Por acaso ele mesmo não havia estipulado um prazo para si e para ela?... Por acaso ela, ao não deixar que ele ouvisse qualquer coisa da parte dela, simplesmente não respeitava as regras que ele mesmo estabelecera?... E não se expressava, justamente no silêncio dela, na paciência dela, o aspecto mais nobre e mais verdadeiro de seu ser? E que tal se ele agora, depois do fim do prazo que ele mesmo estabelecera, fosse até ela a fim de deitar a seus pés seu agradecimento, seu sim definitivo, seu sim refletido e maduro, e portanto ainda mais valioso... Por acaso ele a encontraria diferente do que a havia deixado? Na paz silenciosa da casa da guarda-florestal obviamente nenhum outro se aproximara dela... sua alma pura sem dúvida não entraria em confusão, nem por causa de sua carta estúpida, mas ao final das contas bem-intencionada, nem por causa do assalto repentino de uma nova paixão... Sim, esse pensamento apreensivo era, por certo, nada mais do que o último tremor de sua índole solitária e intimidada, à qual, por meio de uma providência maravilhosa do destino, haviam sido devolvidas a confiança e a segurança. E cada vez mais lhe parecia que a verdadeira função de Katharina era mandá-lo de volta a Sabine, em cujo amor o verdadeiro sentido da existência dele estava decidido; e, quanto mais cheia de confiança, sem pensar no fim, Katharina lhe consagrava seu coração jovem e alegre, tanto mais impaciente e cheio de esperança os anseios mais profundos dele imploravam por Sabine.

Também as circunstâncias externas obrigavam-no a uma decisão que teria de ser tomada em breve, uma vez que outubro já se aproximava do fim. Antes de tudo, o doutor Gräsler considerou adequado comunicar ao proprietário do sanatório que em poucos dias pretendia se apresentar diante dele e botar a situação em pratos limpos. E, uma vez que não recebeu resposta, enviou um telegrama, perguntando se poderia contar com a presença do diretor Frank em tal e tal dia. Que também dessa vez não tivesse chegado resposta deixou-o aborrecido, sem deixá-lo preocupado, no entanto, uma vez que a natureza amargurada e descortês do homem ficara gravada em sua memória com clareza repugnante.

Informar Sabine de sua volta por meio de uma carta, ele julgou não ter condições de fazer depois das experiências que vivera até o momento; ele simplesmente viajaria, chegaria lá, pararia à frente dela, tomaria as mãos dela entre as suas e o olhar claro de Sabine iria... teria de lhe dar a resposta salvadora.

13.

O DIA EM QUE AS FÉRIAS DE KATHARINA chegariam ao fim e ela deixaria a casa de Gräsler para voltar a morar com seus pais naturalmente estava definido desde o princípio; mas como se tivessem combinado, nenhum dos dois falou uma sílaba sequer a respeito da despedida cada vez mais próxima, e o comportamento de Katharina como um todo deixava transparecer tão pouco qualquer tipo de pensamentos de separação que Gräsler passou a se preocupar com a possibilidade de a afeiçoada criatura, assim como um dia havia chegado até ele, sem ser solicitada, com sua pequena mala, estar pensando em, assim sem mais nem menos, juntar-se a ele na condição de companheira de viagem para a vida inteira. De modo que, certa manhã, quando ela ainda dormia, amadureceu o plano de fugir da casa e da cidade; e, sem que ela percebesse, começou os preparativos para a partida.

Ele havia presenteado a amante, depois de ter lhe dado o cachecol indiano, com mais uma série de coisas do espólio de sua irmã... Inclusive uma ou outra joia modesta, ao passo que para Sabine pensava em reservar algumas peças de valor.

Mas dois dias antes da viagem planejada, em uma hora fechada e chuvosa após o meio-dia, quando Katharina havia se recolhido, conforme às vezes acontecia, ao aposento arranjado para ela, Gräsler sentiu vontade de subir mais uma vez ao sótão, como se tivesse sido obrigado a encontrar por lá ainda uma última lembrança, cuja entrega pudesse não apenas acalmar sua própria consciência como também, talvez, mostrar-se capaz de consolar Katharina pelo menos um pouco por seu desaparecimento. E, enquanto ele procurava e revirava, abrindo uma mala após outra — tecidos de seda, retalhos de linho, álbuns de fotografias, véus, lenços, fitas, rendas —, examinando e testando tudo, de repente voltou a cair em suas mãos o pacotinho, que, conforme as indicações da falecida, deveria ser queimado sem ser lido.

Pela primeira vez, como se a intuir que por muito tempo, talvez jamais, não voltaria a pisar naquele aposento escuro, ele sentiu as mordidas da curiosidade. Colocou o pacotinho de lado, fingindo para si mesmo que o conservaria em lugar seguro, a fim de deixá-lo a um herdeiro mais tardio, que então poderia abri-lo sem ferir as atenções a uma pessoa que jamais conhecera e havia tempos já estava morta. E, assim, ele levou para baixo, junto com algumas insignificâncias bem interessantes que havia separado para Katharina — entre elas uma gargantilha de âmbar e um bordado oriental amarelecido, que ele, aliás, assim como acontecia com um punhado das outras coisas, jamais havia notado enquanto Friederike ainda estava viva —, dessa vez também aquele pacotinho, até bem pesado, colocando-o, junto com as outras coisas, sobre a escrivaninha, antes de ir para o quarto de Katharina.

Quando ele entrou, ela estava sentada na espreguiçadeira, totalmente envolvida em um pijama chinês marrom-avermelhado, com um dragão bordado em ouro, que ele havia lhe dado de presente poucos dias atrás; ela tinha uma revista ilustrada, que costumava ler com gosto, sobre o colo, e havia adormecido. Gräsler contemplou-a comovido e evitou despertá-la; voltou ao escritório, sentou-se à escrivaninha e brincou distraído com os fios soltos que envolviam o pacotinho até que os lacres estalaram, se rompendo. Ele deu de ombros. Por que não?, disse para consigo. Ela está morta, ele não acreditava em uma vida após a morte, e mesmo que esta vida existisse contra as minhas expectativas, a alma de Friederike, que paira em regiões tão elevadas, não haveria de me levar a mal. Com certeza também não existiriam segredos assim tão sombrios ali dentro.

O papel que envolvia o pacote em pouco havia sido retirado, e o que ele viu diante de si foram cartas em grande número, divididas em camadas individuais, separadas por folhas brancas; todas elas, conforme logo veio a perceber, ordenadas com o maior cuidado. A primeira que Gräsler tomou nas mãos tinha mais de trinta anos e fora escrita por uma pessoa jovem, que atendia por Robert e, conforme ele constatou, sentia-se no direito de tratar Friederike com palavras das mais carinhosas. O conteúdo permitiu que ele constatasse que o tal Robert inclusive havia mantido contato com os pais; mas Gräsler estava longe de se dar conta de quem poderia se tratar. Havia bem uma dúzia de cartas dele ali: garatujas apaixonadas, mas inocentes no fundo, nem sequer conseguiam cativar a atenção do leitor.

Seguiram-se outras cartas, do tempo em que Gräsler navegara pelo mundo na condição de médico de bordo e havia visitado a cidade natal por curtos períodos, apenas uma vez a cada dois anos. As cartas, todavia, revezavam-se umas às outras, sempre de autores diferentes, e Gräsler no princípio não manifestou vontade de entender o que todas aquelas garantias apaixonadas, juras de fidelidade, referências a horas maravilhosas, ebulições de ciúme, advertências, ameaças obscuras, insultos monstruosos vinham a significar, no fundo, sim, o que aquele assunto completamente brutal tinha a ver com a irmã. E ele já estava perto de acreditar que aquelas cartas haviam sido dirigidas a outra pessoa, a uma amiga de Friederike, e que esta apenas as recebera para guardá-las, até que pareceu reconhecer de repente alguns trechos manuscritos, para em pouco, depois de outros tantos indícios, não restar nenhuma dúvida de que aquelas cartas eram de Böhlinger.

Eis que agora, pouco a pouco, os fios emaranhados daquele romance estranho eram enfim destrinchados, e Gräsler se dava conta de que sua irmã, mais de vinte anos atrás — portanto quando já era uma moça bem amadurecida —, havia sido noiva de Böhlinger em segredo, e que este, em consideração a uma história de amor qualquer, ocorrida anteriormente, havia adiado a proposta de casamento a Friederike, que ela o havia traído com um outro alguém devido à impaciência, a algum capricho ou até mesmo por vingança, e que enfim ela tentara uma reconciliação, a que Böhlinger apenas respondeu com explosões de escárnio e desprezo.

O tom das últimas cartas do advogado estava tão longe de qualquer moderação, inclusive de qualquer decência, que Gräsler não lograva compreender direito como aos poucos havia voltado a se desenvolver um relacionamento sofrível entre o amigo e a irmã, que ao final inclusive veio a adquirir características de amizade. Gräsler sentiu mais expectativa do que espanto durante a leitura, de modo que prosseguiu suas investigações devido a uma curiosidade crescente, sem sentir uma comoção assim mais profunda em relação aos segredos da vida de Friederike que poderiam vir à tona nas folhas seguintes.

Não restavam mais muitas páginas, porém como as letras que elas apresentavam passaram a mudar com grande frequência, Gräsler chegou à conclusão de que Friederike havia escolhido sempre apenas algumas provas individuais para conservá-las consigo. Ali estavam, no começo, um par de cartas, que não traziam nada a não ser letras e números, ao que tudo indica sinais combinados de maneira secreta. Em seguida, havia uma pausa de vários anos, e logo depois apareceram as cartas do tempo em que Friederike havia se juntado ao irmão; algumas inclusive eram escritas em francês, outras em inglês e duas em uma língua eslava, provavelmente, que ele até mesmo ignorava que a irmã conhecia.

Havia cartas que faziam pedidos galantes, outras que agradeciam com donaire; havia algumas cheias de atenção e precavidas, outras apaixonadas e diretas; em um ou outro caso emergia na memória de Gräsler a lembrança empalidecida de um de seus pacientes, que por certo ele mesmo — um alcoviteiro desprevenido — apresentara a Friederike. A última carta, no entanto, ardente, confusa e cheia de pressentimentos fatais, não deixava a menor dúvida de que o remetente havia sido o garoto de 19 anos, tísico, que Gräsler dez anos atrás tivera de mandar de volta à pátria do Sul onde estava, quando o moço já se encontrava por assim dizer moribundo; e sem mesmo ter a intenção, ele perguntou a seus botões se a mulher experiente, sedenta de amor — conforme a irmã, que sempre lhe parecera tão virtuosa e tranquila, agora se desvelava diante dele —, não havia encaminhado aquele pobre homem jovem a um fim demasiado prematuro.

Ainda que sentisse a humilhação fraterna por ela ter se mostrado tão pouco digna de sua confiança, por ela, provavelmente, assim como uma outra também fizera, tê-lo considerado sempre um filisteu... Ainda que um ódio tardio por ele, ao que tudo indica, ter parecido tão ridículo aos olhos de outras pessoas, como se fosse um marido traído, quisesse desvirtuar a imagem da falecida no começo, ao final das contas acabou dominado por um sentimento de satisfação pelo fato de Friederike não ter perdido sua vida, por poder se reconhecer livre de qualquer responsabilidade em relação a ela, e por ela, conforme agora ficava claro como a luz do dia, ter abandonado uma existência que já não podia mais continuar lhe oferecendo as alegrias que ela verdadeiramente gozara em excesso.

E quando ele contemplou as cartas mais uma vez, tomando uma ou outra nas mãos, lendo aqui e ali algumas frases, começou a entender que nem tudo aquilo que ele agora descobria era tão novo e misterioso quanto lhe parecera no primeiro momento. Algumas coisas, por exemplo, uma historieta ocorrida havia muitos anos no Lago de Genebra, que envolvera Friederike e um capitão francês, à qual se referia um dos bilhetes que acabara de ler, ele a vira principiar, ainda que sem se dar conta de seu verdadeiro significado e sem se sentir no direito de questionar a determinação de uma mulher com mais de 30 anos; e que entre Friederike e Böhlinger tinha se anunciado uma inclinação das mais sérias já na infância, havia tanto tempo, ele também não ignorava, ainda que seu desenvolvimento posterior obrigatoriamente tivesse de fugir a seu alcance.

De modo que era bem possível que os olhares estranhos que Friederike nos últimos anos às vezes deixava descansar sobre ele não significavam — conforme ele chegou a temer em outros tempos — queixa e acusação, mas sim um pedido de perdão, porque ela, ao esconder dele tudo o que sentia e vivia, havia caminhado ao lado dele durante a vida inteira como uma estranha. Mas também ele havia contado apenas os trechos mais inofensivos daquilo que sentira e vivera durante aquele tempo, coisas que em tais cartas, não lidas e destinadas ao fogo, ao que tudo indica não seriam menos suspeitas do que as aventuras de amor de Friederike, de modo que ele não se acreditou no direito de culpá-la por uma discrição fraternalmente casta e falsa, que ele mesmo soubera guardar com tanto cuidado.

Katharina estava em pé atrás de sua cadeira e colocou as mãos em volta de sua testa.

— Tu? — perguntou ele como se estivesse despertando.

— Eu já venho pela segunda vez até aqui dentro — disse ela —, mas tu estavas tão concentrado que eu não quis incomodar.

Ele olhou para o relógio. Eram 20h30. Durante quatro horas ele estivera mergulhado naquele destino.

— Eu dei uma olhada em algumas cartas velhas da minha pobre irmã — disse ele, puxando Katharina sobre seu colo. — Ela era um ser bem esquisito.

Por um instante, chegou a sentir vontade de mostrar a Katharina alguma coisa do conteúdo das cartas, mas logo concluiu que apenas feriria a lembrança da falecida caso lhe ocorresse a ideia de divulgar suas histórias a uma criatura para a qual com certeza faltava uma compreensão mais profunda acerca desse tipo de coisa, e que talvez ao fim chegasse à ideia de perceber algumas semelhanças fraternais que, ao final das contas, estavam longe de existir. E, assim, ele deu a entender, por um movimento de mão com o qual logo empurrou as cartas para o lado, que seria melhor se deixassem o passado em paz; e, com a voz de um homem que emerge de sonhos escuros para a clareza da realidade, perguntou a Katharina como havia passado o tempo enquanto ele estivera ali.

Ela continuara na leitura do romance, conforme informou, depois limpara cuidadosamente mais uma vez as pratarias e vidros da mesa do toalete, costurara alguns botões no roupão chinês, que era demasiado grande; quando terminou seus afazeres, conforme teve de confessar, ainda havia fofocado durante meia horinha no corredor com a esposa do tipógrafo, que era uma mulher muito honesta e capaz, ainda que o severo senhor doutor não a suportasse.

Para ele, na verdade, não parecia correto nem que ela encontrasse prazer em fofocar com uma pessoa de nível tão baixo, nem que fosse ao corredor vestida apenas com o roupão chinês; contudo, agora não duraria mais muito tempo, em poucos dias ele estaria longe, cercado por um ambiente mais digno e mais puro; jamais haveria de voltar a ver Katharina, e também sua cidade natal não seria visitada por mais do que algumas horas, alguns dias, uma vez que o sanatório, conforme esperava, haveria de exigir sua presença e sua atividade durante o ano inteiro.

E assim seus pensamentos seguiram seu rumo, enquanto ainda segurava Katharina sobre seu colo e acariciava suas faces e seu pescoço mecanicamente com uma das mãos. Mas de repente ele percebeu que ela o fitava com atenção e tristeza.

— O que há contigo? — perguntou ele. Ela sacudiu a cabeça em negativa e tentou sorrir. E ele viu, comovido e espantado, que algumas lágrimas rolavam de seus olhos.

— Estás chorando — disse ele baixinho, e nesse instante estava mais seguro de Sabine do que jamais estivera antes...

— O que não és capaz de pensar — replicou Katharina, que saltou de seu colo, fez uma cara divertida, abriu a porta que dava para a sala de jantar e apontou para a mesa posta com amabilidade. — E será que o senhor doutor permite que eu fique de pijama?

Só então lhe ocorreu que voltara a trazer algumas coisas para ela do sótão; procurou pela gargantilha de âmbar, que havia sumido entre as cartas sobre a escrivaninha, e quando a encontrou, colocou-a em volta do pescoço de Katharina.

— De novo? — disse ela.

— Mas agora foi a última vez — replicou ele, mas logo se arrependeu de ter feito a observação, que soou mais dura do que havia previsto. E ele quis remediar a situação: — Quero dizer, na verdade...

Ela levantou a mão de leve, como se implorasse para que ele fizesse silêncio. Os dois sentaram-se à mesa. Depois de alguns bocados, ela perguntou de repente:

— Pensarás em mim algumas vezes, lá longe? — Era a primeira vez que ela fazia uma referência à separação iminente, de modo que Gräsler se mostrou um tanto desconcertado, coisa que ela percebeu, uma vez que acrescentou às pressas: — Diz apenas sim ou não...

— Sim — respondeu ele, sorrindo com esforço.

Ela inclinou a cabeça, anuindo, como se estivesse completamente satisfeita, encheu as duas taças de vinho e continuou falando em seu jeito inofensivo, divertido, como se não existissem despedidas... Ou melhor, como se ela pouco se importasse com o fato de elas um dia chegarem.

Mais tarde, ela se enrolou firmemente no roupão chinês, depois deixou-o — ele era demasiado grande para ela — ondear com liberdade em volta de seus membros, puxou-o sobre a cabeça, deixando-o cair em seguida, e dançou pelo quarto, acima e abaixo, carregando em uma das mãos a vestimenta com o dragão bordado em ouro e na outra a taça de vinho: ria alto e mostrava os olhos doces e confusos; por fim, Gräsler tomou-a nos braços e mais a carregou do que a conduziu ao aposento semiescuro de Friederike, onde abraçou a moça com uma volúpia em cujo subsolo secreto sentiu tremer e arder o ódio surdo contra a falecida, a irmã, a mentirosa.

14.

NA MANHÃ SEGUINTE, enquanto Katharina ainda dormia, Gräsler levantou-se a fim de visitar pela última vez sua pequena paciente, que havia tempo já se encontrava bem, mas ainda não podia deixar a cama. No entanto, para que o anúncio de sua partida iminente não chegasse aos ouvidos de Katharina fazendo o caminho por intermédio da esposa do tipógrafo, ele garantiu à simpática mãe de sua paciente que pensava em ficar na cidade pelo menos mais uma semana. A senhora Sommer sorriu:

— Como entendo bem que a despedida de sua pequena amiga pouco a pouco se torna difícil para o senhor! Que criaturinha atraente! E como lhe fica bem o roupão chinês que o senhor lhe deu de presente.

O doutor franziu a testa, e em seguida se ocupou da pequena Fanny, que penteava sua boneca loura com a seriedade típica das crianças. Alguns dias antes ele havia começado a contar para a criança a respeito dos animais selvagens, destinados a um circo, que haviam viajado com ele no mesmo navio, da Austrália à Europa; e desde então a pequena não permitia que ele fosse embora sem antes repetir a história e dar a descrição precisa dos leões, tigres, panteras, leopardos, cuja alimentação ele chegara a acompanhar nos porões do navio.

Ele foi mais breve do que de costume naquele dia, contudo, pois ainda tinha de encaminhar vários preparativos para a viagem planejada para a manhã seguinte. Levantou de repente, coisa que deixou a criança enormemente decepcionada, mas voltou a ser retido junto à porta pela senhora Sommer, que lhe fez uma dúzia de perguntas referentes aos cuidados com a criança a partir de então, as mesmas perguntas que ele já respondera mais de cem vezes.

Sua impaciência não escapou à argúcia da mulher, mas mesmo assim ela procurou dificultar-lhe a partida ao se aproximar dele até quase tocá-lo — conforme costumava fazer — e fitá-lo com olhos carinhosos e agradecidos. Por fim, ele conseguiu se livrar dela, descendo a escada às pressas.

Para Katharina, ele contaria apenas que tinha uma série de coisas a providenciar no centro da cidade, e que tencionava enfim voltar a se mostrar no hospital, para que ela não se impacientasse e lhe deixasse tempo suficiente para encaminhar os preparativos da viagem.

Ele foi ao hospital, despediu-se do médico-chefe, fez algumas compras na cidade, encomendou o despacho e o transporte de sua bagagem e por fim se dirigiu até Böhlinger, com quem ainda tinha vários negócios a tratar. Este pareceu nem se dar conta da impaciência do amigo e, depois de alguns conselhos inteligentes, desejou-lhe sorte na efetuação da compra do sanatório.

Ele se absteve, ao que tudo indica intencionalmente, de fazer qualquer insinuação mais detalhada, e Gräsler se deu conta de que havia acabado de falar com o amante de sua falecida irmã apenas quando já estava descendo as escadas. Mas depois foi impelido para casa, onde almoçaria pela última vez com Katharina. Queria passar essas últimas horas com ela em sossego total, sem deixar que ela percebesse o menor indício que fosse, e, no dia seguinte, bem cedo, enquanto ela ainda dormia — sem esquecer de lhe deixar uma carta, que deveria conter também uma pequena soma em dinheiro —, se despediria dela em silêncio.

Quando entrou na sala de jantar, ele encontrou apenas os talheres para uma pessoa; a esposa do tipógrafo apareceu e observou com uma expressão de lamento maldosa e tola que, seguindo as ordens da senhorita, que pedia desculpas, ela mesma havia preparado a mesa do almoço. O olhar de Gräsler pareceu assustá-la tanto que ela deixou a sala às pressas; ele limitou-se a correr ao escritório, onde encontrou uma carta, em envelope fechado, de Katharina. Abriu-a e leu:

Meu querido, meu queridíssimo doutor.

Foi tão bonito o tempo que passei contigo. Vou pensar muito em ti. Sei bem que amanhã vais partir e, sendo assim, é melhor que eu não te incomode mais hoje. Desejo tudo de bom a ti. E se voltares no próximo ano... mas até ali já terás me esquecido há tempo. Desejo também que tenhas uma boa viagem sobre o mar. E te agradeço por tudo, muitas e muitas vezes.

Tua fiel Katharina.

Gräsler sentiu-se tocado pelas palavras carinhosas, pela letra infantil e desajeitada da moça. "Criatura boa e querida", disse consigo mesmo. Mas ele não queria amolecer; voltou à sala de jantar, mandou vir a comida e, durante as pausas, fez várias anotações em seu caderno de notas, a fim de não precisar, sob hipótese alguma, dirigir uma palavra que fosse à esposa do tipógrafo, que ele aliás dispensou logo após o almoço.

Ele caminhava pela casa de um aposento a outro. Por tudo havia a mais completa ordem, todas as coisas que pertenciam a Katharina haviam sido levadas embora, não ficara nada a não ser um cheiro peculiar, sobretudo no quarto que ela havia habitado durante as três semanas. De resto, a casa inteira parecia indizivelmente fria e deserta, ainda que não faltasse nada.

De uma hora para outra, ele se sentiu tão solitário que chegou a lhe passar pela cabeça a ideia de jogar aos quatro ventos todas as outras esperanças e possibilidades, e se resignar a ir buscar Katharina na casa de seus pais, a fim de trazê-la para junto de si; mas logo se deu conta da estupidez, e inclusive do caráter ridículo de uma ideia dessas, cujo encaminhamento botaria em dúvida o seu futuro inteiro, aniquilando para sempre uma felicidade que agora parecia estar tão perto dele. Maravilhosamente clara, iluminou-se em sua alma de uma hora para outra a imagem de Sabine. E lhe ocorreu que nada mais o impedia de viajar hoje mesmo, no trem noturno, o que lhe permitiria voltar a ver Sabine já na manhã seguinte.

Todavia, ele abandonou a ideia, por sentir receios de aparecer diante daquela por quem suspirava cansado e abatido depois de uma viagem noturna em que talvez não pegasse no sono; de modo que decidiu utilizar o tempo ganho para escrever uma carta que anunciava e preparava de maneira adequada a sua visita. Mas quando estava sentado diante da escrivaninha, a pena nas mãos, não conseguia escrever uma frase que fosse que pudesse chegar perto de descrever o estado de espírito em que se encontrava, de modo que se contentou com as seguintes palavras, poucas, mas imensas e escritas com paixão:

> *Amanhã à noite estarei junto da senhorita. Espero ser bem recebido. Com saudades.*
>
> *E. G.*

Em seguida ele escreveu um telegrama ao doutor Frank, no qual indicava que estaria chegando no dia seguinte, bem cedo, e gostaria de saber, em casa mesmo, se os trabalhos de reforma poderiam ser começados já no dia 15 de novembro. Providenciou pessoalmente para que a carta e o telegrama fossem postos no correio, voltou para casa logo depois, arrumou seus pertences, deixou tudo em ordem, fechou as malas, arrumou também sua maleta de mão e sobre ela, em cima de todas as outras coisas, colocou um amuleto antigo e miúdo, engastado em ouro, que representava a cabeça de uma deusa.

À noite, sobressaltou-se uma meia dúzia de vezes, sentindo o medo confuso de um sonho que lhe dizia que tudo estava perdido para sempre... Sabine e Katharina e o sanatório e o seu patrimônio e a sua juventude e o belo sol do Sul e o amuleto de marfim... Se ele não acordasse a tempo na manhã seguinte, perdendo o trem...

15.

ERA UMA TARDE ENSOLARADA DE OUTONO, já adiantada mas ainda cálida e ensolarada, quando o doutor Gräsler chegou à cidadezinha de águas termais.

Diante do prédio da estação ferroviária havia bem uma meia dúzia de coches de hotel e duas carruagens; os criados gritavam os nomes de suas hospedarias, mas sem muita convicção, uma vez que a essa época avançada do ano não costumavam chegar até ali pacientes necessitados de tratamento terapêutico e banhos medicinais. O doutor Gräsler seguiu até sua casa e avisou ao cocheiro que esperasse. Primeiro, perguntou se havia cartas, e sentiu-se irritado pelo fato de não ver uma resposta do doutor Frank, e amargamente desiludido por não haver uma linha de Sabine que fosse, cumprimentando-o pela chegada; em seguida, informou-se junto à solícita dona da casa se ela não tinha nada a lhe contar acerca da cidade e dos arredores; nada de novo, nem mesmo da casa da guarda-florestal, conforme ele havia temido ficar sabendo.

Por fim, depois de o crepúsculo já estar bastante adiantado, ele subiu de coche pela estrada que conhecia tão bem, entre as casas na maior parte abandonadas e as colinas sombrias, sob um céu sem estrelas, vale acima, em direção ao lugar onde o aguardava — agora ele sabia de uma vez por todas, de maneira clara e inexorável, aquilo que procurara esconder tolamente de si mesmo nos últimos dias, e até mesmo nas últimas horas — uma tentativa desesperada, ao que tudo indica desesperançada, de voltar a conquistar a graça do mais maravilhoso dos seres, a mesma graça que ele dispensara de maneira em parte leviana, em parte covarde.

Enquanto vasculhava em sua alma, tão incessante quanto inutilmente, em busca de palavras irrefutáveis para a sua justificativa e de outras tantas para expressar seu carinho, o coche estacou de repente, conforme pareceu ao doutor Gräsler, no meio do caminho; e de uma hora para outra, como se a casa acabasse de ter sido iluminada, uma luz avermelhada caiu sobre a trilha que chegava até ele. Desembarcou. Devagar, a fim de acalmar seu coração que batia selvagemente, ele seguiu em frente até chegar à porta de entrada; ao toque da campainha, ela se abriu, e também a porta da sala foi aberta, da qual a senhora Schleheim acabara de sair, enquanto à mesa, erguendo os olhos de um livro, Sabine permanecera sentada quieta.

— Ora, mas isso é muito bonito — disse a mãe, estendendo-lhe a mão com cordialidade —, o senhor se preocupar assim conosco, pobres mulheres abandonadas.

— Eu tomei a liberdade de informar à senhorita Sabine por meio de uma carta.

Nesse momento, também Sabine se levantou e estendeu a mão ao doutor, que havia chegado até bem próximo à mesa, dizendo:

— Seja bem-vindo.

Ele procurou ler no olhar dela, que permaneceu descansando sobre ele, claro, demasiadamente claro. Perguntou pelo dono da casa.

— Está em viagem — respondeu a senhora Schleheim.

— E pode-se saber onde ele se encontra no momento? — perguntou o doutor Gräsler, enquanto buscava assento, seguindo o convite de Sabine. A senhora Schleheim deu de ombros.

— Nós mesmas não o sabemos. Isso às vezes acontece. Depois de algumas semanas ele volta. Nós já estamos acostumadas — concluiu ela, dirigindo um olhar de mútua compreensão a sua filha.

— Ficará por mais tempo aqui, senhor doutor? — perguntou a última. Ele fitou-a nos olhos, mas o olhar dela ficou devendo a resposta.

— Depende — disse ele. — Mas não por muito tempo, com certeza... Até ter resolvido meus assuntos...

Sabine anuiu, como se estivesse ausente.

A criada entrou para arrumar a mesa.

— O senhor ficará para o jantar conosco, não? — perguntou a mãe. Ele hesitou em dar a resposta; e mais uma vez seu olhar se dirigiu a Sabine, interrogador.

— Claro que o senhor doutor jantará conosco. Nós, pelo menos, contávamos com isso.

Gräsler pensou para consigo: não é bondade o que ela está demonstrando a mim... Talvez seja misericórdia. E ele assentiu, com um aceno de cabeça, mudo.

E como todos ficassem em silêncio, e aquilo fosse particularmente desagradável para ele, principiou com vivacidade:

— Antes de tudo, tenho de procurar o doutor Frank amanhã. Acreditam, minhas senhoras, que ele nem sequer respondeu às minhas últimas cartas? Mas eu ainda espero que possamos entrar em acordo.

— Tarde demais — observou Sabine, fria, e Gräsler sentiu que aquilo não se referia apenas ao negócio que tinha dado errado. — O doutor Frank — esclareceu Sabine então — decidiu-se a continuar conduzindo, ele mesmo, o sanatório. Os trabalhos de renovação já começaram há alguns dias, e seguem em ritmo bem rápido. O mestre de obras Adelmann, amigo do senhor, está cuidando do serviço.

— Meu amigo ele não é — disse Gräsler —, caso contrário teria procurado me dar conta do que estava acontecendo. — E sacudiu a cabeça, pesada e vagarosamente, como se tivesse experimentado uma amarga desilusão em relação ao mestre de obras.

— Sendo essas as condições — observou Sabine com cordialidade —, o senhor haverá de voltar a ir ao Sul, não?

— Naturalmente — replicou Gräsler, precipitadamente. — Para a minha boa ilha de Lanzarote. Sim. E, ademais, o clima que faz aqui! Quem sabe se eu ainda seria capaz de encarar um inverno da Europa Central?

E ocorreu-lhe que, devido à deficiente ligação marítima, ele não poderia chegar à ilha antes da metade de novembro, e que até ali, uma vez que não havia nem anunciado sua chegada nem pedido desculpas, talvez pudesse achar seu lugar já ocupado. Que fosse, por sorte ele não devia mais satisfações a respeito! E, se lhe parecesse adequado, poderia se dar ao luxo de tirar meio ano, quem sabe até mais, de férias; sim, se ele apenas cortasse um pouco os gastos, inclusive poderia largar o consultório de vez.

Mas o pensamento lhe causava medo. Ele nem sequer estava em condições de viver sem sua profissão. Tinha de trabalhar, dar saúde às pessoas, levar a existência de um homem honrado e ativo... E, no fim das contas, quem sabe se o seu destino não seria ao lado daquele ser maravilhoso e puro, que talvez apenas quisesse castigá-lo um pouco por sua hesitação, e quem sabe testá-lo uma última vez.

E assim ele esclareceu não ter nada certo até agora, disse que ainda esperava uma carta de Lanzarote, com a aceitação das novas e vantajosas condições que havia colocado à administração da ilha e, caso elas não lhe fossem concedidas já agora, ele estava decidido a usar o próximo semestre para fins de estudo em diferentes universidades alemãs. Oh, ele também não ficara ocioso, de maneira alguma, em sua cidade natal; não apenas visitara com assiduidade o hospital, mas inclusive dera consultas particulares. De maneira casual, naturalmente. Tratava-se de uma criança, uma menina encantadora de 7 anos de idade, a filhinha de uma viúva que morava em sua casa. Ele não pudera se recusar ao atendimento. Havia sido um caso nem um pouco inofensivo... Escarlatina. Mas agora a criança estava fora de perigo. Caso contrário, ele não teria podido viajar...

Enquanto discursava assim, ele procurava chamar de volta à memória a imagem da senhora Sommer; mas sempre, em vez dela, surgia a dama com o rosto de boneca do calendário familiar ilustrado que havia alimentado seus sonhos durante a viagem de navio, na última vez em que estivera em Lanzarote. Ao que tudo indica, existia uma certa semelhança entre as duas, entre a imagem e a viúva... Sim, claro, ela não havia chamado sua atenção desde logo?

Sabine parecia acompanhar suas últimas informações com um interesse cada vez mais crescente, ainda que — conforme ele temia, talvez apenas devido a sua consciência angustiada — demonstrando pouco crédito; e, quase a interrompê-lo, ela passou a contar de suas duas amigas, das quais Gräsler por certo ainda se lembrava, dizendo que a mais nova delas havia ficado noiva de um hóspede tardio, vindo de Berlim. Para o casamento, queriam viajar para lá e, nessa oportunidade, conforme a mãe observou, lançar-se de novo ao tumulto da cidade grande depois de tanto tempo. De novo, e desta vez mais impaciente, quase suplicante, o olhar de Gräsler dirigia a Sabine a pergunta: e em que pé estamos nós dois? Mas os olhos dela permaneceram impenetráveis, e, ainda que no decorrer da noite ela parecera ter ficado pouco a pouco mais simpática, inclusive mais branda, ele sentia que para ele o jogo estava praticamente perdido.

Mas seu orgulho se voltava contra a aceitação de uma despedida assim, quase muda, conforme ela parecia tê-la preparado para ele, e ele já estava decidido a pedir uma conversa particular a Sabine antes de ir embora. Quando se levantou e, com uma leveza superficial, referiu a possibilidade de se reencontrarem no Natal, em Berlim, também Sabine se levantou, e sua intenção de acompanhar o hóspede era inconfundível. E assim os dois caminharam lado a lado debaixo dos pinheiros, conforme costumavam fazer em tempos anteriores, mais felizes, mas desta vez silenciosos, em direção à estrada, onde o coche se encontrava à espera dele. De repente, no entanto, quase sem querer, Gräsler estacou e perguntou:

— A senhorita está brava comigo, Sabine?

— Brava? — replicou ela surdamente. — Por que deveria estar?

— Minha carta, eu sei muito bem, minha infeliz carta. — E como, na escuridão da noite, apenas viu-a se encolher de maneira brusca ao fazer um gesto dolorido de defesa, ele procurou, precipitadamente, na sensação de estar se emaranhando de maneira cada vez mais fatal, uma explicação. Ela havia entendido errado, completamente errado, a sua carta. Fora a sua consciência, seu sentimento do dever que o obrigara a escrever a carta. Oh, se ele simplesmente tivesse seguido seu coração, sua paixão!... Pois ele a havia amado, sim, e cortejado, desde o primeiro instante, quando estivera à frente dela aos pés da cama da mãe doente. Mas não tivera a coragem de acreditar em sua sorte. Depois de uma existência tão apagada, tão solitária, tão desassossegada! Ele sequer ousava ter esperanças, nem mesmo sonhar. Um homem da idade dele! Quase um velho. Pois na verdade não eram os anos que determinavam a juventude, isso ele sabia muito bem. Justo nas semanas intermináveis em que estiveram separados, ele aprendera a se convencer disso... Mas a carta que ela mandara, aquela carta maravilhosa, celestial... Oh, ele não merecia palavras como aquelas.

E assim suas palavras se atropelavam e se confundiam e ele sabia que não encontrava aquelas que eram adequadas, que não podia encontrá-las porque o caminho entre seus lábios e o coração dela estava soterrado. E quando ele, enfim, desesperançado, terminou com a exclamação quase sufocada: — Perdoa-me, Sabine, perdoa-me! — ouviu-a responder, como se sua voz viesse de longe: — Eu não tenho nada a perdoar ao senhor. Mas teria sido melhor se não tivesse falado nada. E eu inclusive esperava que assim fosse. Caso contrário, teria pedido para o senhor não vir.

A voz dela soou tão dura naquele momento que Gräsler de repente se agarrou a uma nova esperança. Por acaso não era amor ofendido que a fazia tão irreconciliável? Amor ofendido... mas amor em todo caso, que ainda existia, do qual ela apenas sentia vergonha!? E ele recomeçou, sentindo a coragem renovada:

— Sabine... Eu não quero lhe pedir nada, a não ser uma única coisa... Que eu possa voltar na próxima primavera e, na próxima primavera, voltar a lhe perguntar...

Ela interrompeu-o:

— Está bem frio aqui fora. Adeus, doutor Gräsler. — E ele acreditou ver, apesar da escuridão, um sorriso irônico em seu semblante, quando ela acrescentou: — Desejo tudo de bom ao senhor!

— Sabine!

Ele a segurou pela mão, procurou retê-la... Ela puxou a mão com suavidade.

— Desejo boa viagem — disse ela, e em sua voz voltou a soar mais uma vez toda a bondade que ele agora perdia para todo o sempre; ela lhe deu as costas e, sem apressar o passo, mas irredutível, caminhou em direção à casa, em cuja porta desapareceu.

Só por um breve instante Gräsler permaneceu ali, rígido, em seguida apressou-se em direção ao coche, embarcou, envolveu-se no sobretudo e na coberta, e andou pela noite em busca de sua casa. O despeito acordava em seu coração. Pois bem, então, que fosse, disse ele para consigo; se queres assim, assim será; tu mesma me jogas nos braços de outra, seja feita a tua vontade. Mais ainda. Tu ficarás sabendo disso... Antes de viajar para o Sul, venho para cá com ela. E morarei com ela por aqui durante alguns dias. E irei passear com ela, passando pela casa da guarda-florestal. E tu terás de vê-la! Terás de conhecê-la. De conversar com ela. Tomo a liberdade de lhe apresentar minha noiva, senhorita Sabine! Não é uma alma pura como a sua, minha senhorita, mas em compensação também não é uma alma tão fria! Não é tão orgulhosa, mas é bondosa. Não é tão casta, mas é doce! O nome dela é Katharina... Katharina...

Ele pronunciou o nome da moça em voz alta. E quanto mais o carro se afastava da casa da guarda-florestal, tanto mais quente se levantava dentro dele a saudade de Katharina, que logo se transformava no sentimento alegre, seguro e maravilhoso de em breve... amanhã... sim, já amanhã à noite, poder voltar a tê-la em seus braços. E como ela haveria de arregalar os olhos ao avistá-lo, de repente, às 19 horas, passeando para cá e para lá na Wilhelmstrasse! Ele lhe faria uma surpresa. E uma outra, ainda maior, estaria por vir logo depois. Pois um filisteu ele não era. Ele não queria nada mais do que satisfazer o desejo de ser feliz, e assim iria buscar a felicidade onde ela lhe era oferecida de maneira tão amável, tão inofensiva, tão verdadeiramente feminina... Junto a Katharina... Sim, Katharina... Como havia sido bom voltar a ver Sabine mais uma vez. Só agora ele sabia que Katharina, e nenhuma outra, era a mulher certa para ele.

16.

NO ENTARDECER SEGUINTE, uma hora depois da chegada, ele estava parado na esquina, de onde teria de enxergar Katharina assim que ela deixasse a loja de luvas. As duas vendedoras, empregadas no estabelecimento junto com ela, saíram uma após a outra pela porta e desapareceram; as persianas foram trancadas, o funcionário encarregado se afastou, o painel iluminado se apagou... e Katharina não apareceu.

Estranho. Muito estranho.

Como, se as férias dela haviam chegado ao fim? O que poderia tê-la mantido afastada da loja? As labaredas de um ciúme repentino tomaram conta de Gräsler; sem dúvida... ela estava junto de outro. E, era bem provável, com um antigo conhecido, para o qual voltara a ter tempo, agora que o velho doutor de Portugal com seus véus indianos e gargantilhas de âmbar havia ido embora. Talvez também fosse um conhecido recente. Por que não? Essas coisas a gente pode encaminhar bem rapidinho, não é verdade, senhorita Katharina? Mas onde a senhorita terá se enfiado? No teatro, provavelmente! Essa é, por certo, a ordem regulamentar das coisas... Na primeira noite, teatro e um jantar a dois, na segunda... todo o resto! Isso ela com certeza já fizera bem mais de uma vez. Mas o fato de a história começar de novo já na manhã seguinte, após a despedida, ah, isso era um pouquinho demais! A miserável! Por causa dela perdera um ser maravilhoso como Sabine. Simplesmente se mandara, indo embora com cachecóis, chapéus, roupas e joias... E ao fim e ao cabo ainda faz chacotas, junto de um tipo jovem qualquer, sobre o velho bobo de Portugal...

Assim, os pensamentos se batiam dentro dele e, na intenção de se autoflagelar, ele rejeitava a possibilidade de motivos mais inofensivos que pudessem esclarecer a circunstância de Katharina não ter se apresentado no trabalho. O que fazer, portanto? Rumar com tranquilidade para casa e deixar as coisas se acalmarem, isso obviamente teria sido a atitude mais racional; mas ele não era capaz de mostrar tanto autodomínio.

De modo que decidiu pegar o caminho do subúrbio, a fim de tomar posição nas proximidades da casa dela e esperar para ver o que acontecia. Em pouco, ficaria claro com quem ela estava, a não ser que tivesse se metido na casa do novo amante desde logo... Mas isso ele não precisava temer. Não era fácil voltar a encontrar, tão logo, um bobo que aceitasse a companhia de uma criatura daquelas em sua própria casa, sim, uma coisinha velhaca, fofoqueira, ignorante e mentirosa como aquela.

Ele a desprezou com todas as suas forças e entregou-se a esse sentimento sem a menor consideração, e inclusive com uma certa volúpia. Acha que isso é, por acaso, um tanto filisteu por demais, minha senhorita?... E ele se voltou para Sabine, tão distante, pela qual no mesmo instante sentiu aflorar em si um ódio violento. Pois bem, eu não posso ajudá-la. Ninguém é capaz de fugir de sua própria pele, nem homem nem mulher.

Uma nasceu para ser vagabunda, a outra foi feita para morrer donzela, e uma terceira, apesar da melhor educação em uma família burguesa alemã, leva uma existência de cortesã, engana seus pais, seu irmão... E depois se suicida por já não encontrar mais um coração solícito de homem.

E de mim Deus fez um sujeito meticuloso por demais e um filisteu, que fazer... Mas pelo amor dos Céus, não é a pior coisa do mundo ser um filisteu! Pois, quando não se soltam as rédeas do filisteu em frente a certas criadinhas, acaba-se passando por bobalhão... E eu nem de longe sou filisteu o suficiente; pois se o acaso tivesse feito com que uma certa senhorita transferisse sua entrevista para sair da loja, decentemente, às 19 horas, eu estaria disposto, de verdade, a levá-la na condição de senhora minha esposa a Lanzarote. Aí sim o senhor poderia mostrar ao mundo toda a sua felicidade, senhor diretor. Mas isso não dará em nada. Eu irei, graças a Deus, tão sozinho quanto estava ao partir, se é que de fato irei, coisa que ainda não é certa. De maneira alguma, no entanto, respeitarei sua ordem amável de chegar já no dia 27 de outubro, e mesmo que isso ainda fosse possível! Antes disso haverei de viajar a Berlim, talvez também a Paris, a fim de me divertir de verdade uma vez pelo menos... Divertir-me como jamais me diverti...

E ele sonhou estar em locais de má fama, cercado pela dança selvagem de fêmeas seminuas, planejou orgias monstruosas como se fossem uma espécie de vingança demoníaca contra o sexo miserável, que o havia tratado com tanta falsidade e infidelidade; vingança contra Katharina, contra Sabine, contra Friederike.

Enquanto isso, sem mesmo se dar conta do que fazia, ele havia chegado em frente à casa de Katharina. Um vento hostil se levantara e varria o pó da ruela miserável. Aqui e ali, janelas eram fechadas às pressas. Gräsler olhou para o relógio. Faltava um bom tempo para as 20 horas. Quantas e que sorte de horas ele não tinha pela frente! Poderiam ser 10, talvez 11 horas, 12, e inclusive amanhecer, até a senhorita chegar em casa.

O pensamento de ter de ficar ali, sendo tão incerto o resultado, suportando o vento e a chuva — já caíam os primeiros pingos — durante horas, era profundamente desagradável. De modo que ele passou a dar ouvidos a uma voz interior, que já havia muito tempo tinha se anunciado com timidez: e se Katharina, no final das contas, estivesse em casa? Talvez ela tivesse saído mais cedo da loja... Ainda que isso não fosse muito provável nos primeiros dias depois do fim de suas férias... Quem sabe se suas férias ainda continuassem, e ela não estava passando o último dia livre junto à família? Ele mesmo não dava muito crédito a essas hipóteses, mas as cogitações lhe fizeram bem, tanto mais pelo fato de que agora não era assim tão difícil buscar a certeza a respeito disso.

Seria necessário apenas se dar ao trabalho de subir as três escadas e perguntar ao senhor funcionário dos correios Rebner se a senhorita sua filha não estava em casa. Isso nem sequer daria muito na vista. Assim tão cuidadosos eles por certo não eram em uma família na qual a senhorita sua filha voltava com o dobro da bagagem com que partira... E de uma visita a uma amiga, no interior.

E, se ela não estivesse em casa, talvez poderia ficar sabendo, e isso também valorizaria o aproveitamento da oportunidade, alegando com que desculpa ela deixara de passar a noite em casa. E se ela estivesse em casa, ora, pois bem, tanto melhor, aí então tudo estaria às mil maravilhas, ela já estaria por perto, juntos de novo, e se poderia organizar tudo, desde logo, para já no dia seguinte, ou nos próximos dias, partir em viagem com ela. Pois nesse caso seria um absurdo tudo aquilo que lhe passara pela cabeça. Aí ele não teria nada a fazer, a não ser pedir perdão a ela pelo que ele, em seu desgraçado estado de ânimo, havia pensado que ela fosse capaz de fazer, estado de ânimo pelo qual aliás uma outra era bem mais culpada do que ela própria. E assim ele estava em pé, com a melhor das intenções em relação a ela, diante da porta do apartamento.

Tocou a campainha; uma mulher miúda e envelhecida, usando um vestido caseiro e um avental de cozinha amarrado em frente ao corpo, abriu a porta e olhou para ele, admirada.

— Perdão — disse Gräsler —, estou no endereço certo, ou seja, no endereço do senhor funcionário dos correios Rebner?

— Claro, eu sou a esposa dele...

— Naturalmente. Sim. Eu gostaria de... Eu queria saber, na verdade, se poderia trocar, talvez, uma palavrinha com a senhorita Katharina. Na verdade, eu tenho o prazer de...

— Ah! — interrompeu-o a senhora Rebner, visivelmente agradecida. — O senhor é, com certeza, o senhor doutor que Katharina conheceu no interior, quando visitava Ludmilla, do qual ela ganhou a bela peça de tecido?

— Sim, sou eu, e meu nome é doutor Gräsler...

— É verdade... Doutor Gräsler... Ela falou do senhor... sim. E vou logo ver se é possível, uma vez que ela está de cama. Ela voltou apenas ontem e acho que deve ter se resfriado.

Gräsler assustou-se visivelmente.

— De cama? Desde quando?

— Hoje ela nem se levantou. Talvez também tenha um pouco de febre.

— Mas a senhora já chamou um médico, senhora Rebner?

— Ah, ela aceitou o café da manhã com tanto apetite, isso deve passar loguinho...

— A senhora permite que eu a examine, uma vez que o acaso me trouxe até aqui... Penso que a senhorita Katharina não teria nada contra...

— Sim, claro, já que o senhor é médico, talvez seja bastante adequado, inclusive.

E ela o conduziu em meio a um aposento bem espaçoso, não iluminado, em direção a outro menor, onde Katharina estava deitada à cama. Sobre o criado-mudo havia uma vela, de onde um fulgor de luz bruxuleava sobre o lenço úmido e branco que, dobrado várias vezes, jazia na testa de Katharina, de modo que seus olhos estavam completamente escondidos.

— Katharina — chamou Gräsler. Ela afastou o lenço aparentemente com esforço de frente de seus olhos, que brilharam, turvos.

— Boa-noite — disse ela com um sorriso fraco, mas ausente.

— Katharina! — Ele estava junto à cama dela afastou precipitadamente a coberta de seu pescoço, tirou a blusa que envolvia seus ombros e constatou o vermelho-escuro de sua pele. A febre parecia estar muito alta, o abatimento era considerável, de modo que Gräsler não necessitou um exame mais detalhado para reconhecer que a doença que vitimava a moça era a escarlatina. E, segurando uma das mãos de Katharina entre as suas, profundamente aflito, sentindo-se culpado, ele afundou no sofá ao lado da cama.

Nesse instante, o pai voltou para casa e, ainda na porta, exclamou:

— Mas que história é essa, crianças? De modo que chamaram mesmo um médico...

Sua mulher foi ao encontro dele:

— Não fale tão alto — disse ela —, a cabeça dela está doendo. Não há problema, esse é o médico que ela conheceu na casa de Ludmilla, no interior.

— Então é assim — disse o pai se aproximando. — Fico muito feliz em ter o prazer de conhecer o senhor. Sim, é conforme o senhor está vendo, a gente manda uma mocinha dessas ao interior, ainda gasta um bom dinheiro com isso, e ela volta para casa em um estado lamentável. Mas não haverá de ser grande coisa, não é, senhor doutor? Ela deve ter ficado andando por aí, à noite, nessa época do ano. Não é verdade, Katharina, foi isso que aconteceu?

Katharina nada respondeu, e voltou a colocar o lenço sobre os olhos. O doutor Gräsler virou-se para o pai. Era um homem pequeno, mas corpulento, de olhos opacos, quase careca, e com um bigode grisalho de pontas retorcidas.

— Não é um resfriado — disse Gräsler. — É escarlatina.

— Mas, senhor doutor, isso é completamente impossível. Escarlatina é uma doença de criança. A irmã dela a teve, quando tinha 5 anos. Se fosse o caso, ela a teria pego já naquela época.

Katharina pareceu adquirir aos poucos uma consciência mais clara das coisas na presença ruidosa de seu pai e disse:

— O senhor doutor com certeza saberá melhor o que eu tenho do que tu, pai. Mas ele também irá me curar, não é verdade?

— Sim, podes estar certa disso, Katharina, podes estar certa disso — respondeu Gräsler, e naquele momento amou-a tanto como jamais havia amado outro ser humano. Enquanto ele dava suas recomendações, apareceu a irmã com seu esposo, que primeiro cumprimentou o doutor com um piscar de olhos divertido, mas logo depois, em vista da seriedade da situação, desapareceu com sua mulher no aposento vizinho.

Aos pais, o doutor Gräsler esclareceu em voz baixa, contudo, que naquela noite precisaria ficar ali, uma vez que justamente a primeira noite era decisiva em tais casos; e se ele a passasse junto dela sem interrupções talvez conseguisse evitar e até prevenir eventuais problemas, cujos sinais poderiam escapar a olhos não escolados.

— Pois bem, Katharina — disse o pai, voltando a se aproximar de sua cama —, tiveste uma sorte e tanto. Um doutor assim, não é todo mundo que o tem. Mas, senhor doutor — e ele puxou-o junto consigo em direção à porta —, eu tenho de lhe dizer desde logo que nós não somos pessoas de posses. E se ela passou férias no interior, foi apenas porque ficou hospedada na casa de Ludmilla, conforme o senhor por certo já percebeu. Só o bilhete de ida e de volta, isso naturalmente nós pagamos.

A mulher censurou-o pelo discurso, e puxou-o consigo para a sala, uma vez que julgava ser hora de deixar Katharina a sós com seu médico.

Gräsler curvou-se sobre a doente, acariciou-lhe as faces e os cabelos, beijou-a na testa e garantiu-lhe que em poucos dias ela voltaria a estar saudável, e que então deveria retornar logo para a casa dele; que ele jamais voltaria a permitir que ela se afastasse dele, levando-a consigo para onde quer que o destino o levasse; que ele se sentira instado a voltar por uma força maior, e que ela era a sua criança, a sua amante e a sua mulher, e que ele a amava, que a amava como jamais alguém fora amado no mundo.

Mas, enquanto ele ainda a via sorrir, satisfeita, já percebia que suas palavras não encontravam mais o caminho às profundidades da alma dela, que ela apenas distinguia como se fossem sombras vacilantes aquilo que se movia à volta dela, que ele estava no princípio de uma série de dias, nos quais cada hora seria preenchida pelo medo horrível de perder um ser amado, que havia caído nas mãos de um inimigo invisível e cada vez mais forte; e que ele tinha de se armar para uma luta desesperada... Que já naquele momento reconhecia inútil...

17.

DEPOIS DE TRÊS DIAS E TRÊS NOITES, que Gräsler passou, praticamente sem interrupção, junto à cama da doente, sem que ela chegasse sequer uma vez à completa consciência das coisas, a alma febril da moça se entregou em uma sombria noite de novembro; e, após mais dois dias, nos quais Gräsler se dedicou a dar conta das tristes providências que envolviam a desgraça, ela foi enterrada. Gräsler seguiu o caixão, sem falar mais do que o necessário com os parentes da falecida, que durante todo o período do luto conjunto haviam ficado completamente distantes dele. Ficou em pé, rígido, junto à cova, quando o caixão foi levado ao fundo e, em seguida, sem mesmo se despedir dos outros, deixou o cemitério dirigindo-se à sua casa.

Até a noite chegar, ficou deitado no divã de seu escritório, em um sono apático. Já escurecera quando levantou. Ele estava só, tão só conforme jamais havia estado, nem mesmo depois da morte de seus pais, nem mesmo depois da morte de sua irmã. Sua vida perdera todo o conteúdo de uma hora para outra. Ele deixou-se levar para a rua, sem saber o que fazer consigo mesmo, sem saber a quem se dirigir. Odiava as pessoas, a cidade, o mundo, sua profissão, que no final das contas não servira para nada mais do que para levar à morte justamente a criatura que estava destinada a conceder uma última ventura a seus anos encanecidos. O que lhe restava, ainda, sobre a Terra?

O fato de ele poder deixar de lado sua profissão e, caso lhe parecesse bom, jamais voltar a trocar uma única palavra com nenhum ser humano parecia ser o único consolo, o único lucro de sua existência. As ruas estavam úmidas, e sobre o gramado do parque central, onde ele, como que por obra do acaso, agora estava, havia uma neblina esbranquiçada.

Levantou os olhos para o céu, no qual nuvens esgarçadas se moviam rápidas. Sentiu que ficava cansado aos poucos, não apenas por estar caminhando para lá e para cá, sem destino, mas também por causa do próprio meio social que o cercava, que de uma hora para outra lhe pareceu insuportável.

Ir para casa, a fim de passar uma noite solitária no ambiente em que havia sido tão feliz junto de Katharina, parecia-lhe totalmente impossível. Ele não suportava mais antecipar a si mesmo seu destino, sempre com as mesmas palavras medíocres, sem que de algum lugar viesse uma resposta, um consolo, um interesse, e estava consciente da necessidade — caso não quisesse principiar a soluçar ao ar livre, a gritar, a amaldiçoar os Céus — de procurar ainda naquela mesma hora uma pessoa, com a qual pudesse se comunicar.

E como seu velho amigo Böhlinger era a única pessoa cogitável para tanto, ele se pôs a caminho de sua casa. Tinha medo de não encontrá-lo, mas a sorte se mostrou favorável; e o advogado estava sentado à escrivaninha carregada de documentos, vestindo um roupão turco e envolvido pela fumaça do tabaco, quando o doutor Gräsler entrou.

— Tu, já de novo aqui? — ele o recebeu. — Quais são as novidades? Uma hora pouco habitual. — E ele olhou para o relógio de parede, que marcava 22 horas.

— Desculpe — disse Gräsler em voz rouca —, espero não estar incomodando...

— Que é isso? Não queres tomar assento? Um charuto, talvez?

— Obrigado — disse Gräsler —, não posso fumar agora. É que ainda não jantei.

Böhlinger contemplou-o, piscando os olhos.

— Pois bem — disse ele —, trata-se de um assunto muito importante, com certeza. Aliás, como é que anda a questão do sanatório?

— O sanatório já era.

— Ah, quer dizer que o negócio gorou? Mas será que isso te atingiria de maneira tão forte? Fala! Não chegarias aqui assim no mais, sem um motivo... Tua visita sem dúvida me alegra... Mas fala, abre a boca. Ou preferes que eu adivinhe? Histórias com mulheres? — Ele sorriu. — Infiéis?

Gräsler fez um movimento defensivo com a mão.

— Ela está morta — disse com dureza. Levantou-se de repente e caminhou pelo escritório, para lá e para cá.

— Oh! — disse Böhlinger. E em seguida ficou em silêncio; e quando Gräsler voltou a passar diante dele, segurou sua mão e apertou-a algumas vezes. Mas Gräsler afundou em uma cadeira e, escondendo a cabeça entre as mãos, chorou amargamente, como não havia chorado mais desde os anos de sua infância. Böhlinger esperava com paciência e fumava.

De quando em vez, lançava um olhar para a pasta aberta a sua frente, sobre a escrivaninha, fazendo apontamentos à margem. Depois de algum tempo, uma vez que Gräsler parecia estar se acalmando aos poucos, ele perguntou com suavidade:

— Mas como foi que aconteceu? Ela era tão jovem.

Gräsler levantou os olhos. E repuxou os lábios em um sorriso sarcástico:

— De velhice é que ela não morreu. Escarlatina. E eu é que sou o culpado. Eu, sim, eu é que sou o culpado.

— Tu és o culpado? E foi no hospital? — Gräsler sacudiu a cabeça negativamente, voltou a se levantar, andou pelo escritório de um lado para outro, ergueu as mãos ao alto, desesperado, e respirou fundo. Böhlinger recostou-se à cadeira e seguiu-o com os olhos:

— Que tal — disse ele — se me contasses tudo? Talvez isso te acalme um pouco.

E o doutor Gräsler principiou, de maneira soluçante no início, cada vez mais fluente em seguida, ainda que desordenada, a contar a história dos seus últimos meses. Ora caminhava de um lado para outro, ora estacava, a um canto do quarto, à janela, ou apoiado à escrivaninha; falou não apenas de Katharina, também referiu Sabine; contou de suas esperanças, seus temores, sua nova juventude... De seus sonhos aqui e acolá... E de como eles haviam sido aniquilados, no final das contas. Às vezes parecia sentir que as duas estavam mortas, Katharina e Sabine, e que tinha sido ele quem causara suas mortes. De quando em quando Böhlinger o interrompia com uma pergunta curiosa ou até mesmo interessada. E quando as experiências do amigo haviam se esclarecido em todo o seu contexto, ele se dirigiu a Gräsler com as seguintes palavras:

— Quer dizer que voltaste à cidade com a intenção... de casar com ela?

— Claro. Pensas por acaso que o passado dela teria me impedido de fazê-lo?

— De forma alguma. Pois eu sei muito bem que justamente aquelas que têm futuro normalmente não são melhores. — E ele fitou a escrivaninha à sua frente.

— Nisso terás razão, sem dúvida — disse Gräsler e, depois de o fitar nos olhos, acrescentou: — O que eu aliás também queria te dizer ainda... — e ele interrompeu a frase no meio.

O tom da voz causara estranheza em Böhlinger:

— O que querias dizer? — ele perguntou.

— Eu li as cartas que mandaste a Friederike, as tuas e... também outras.

— É mesmo? — disse Böhlinger, inabalável, e sorriu turvamente. — Isso já faz muito tempo, meu amigo.

— Sim, já faz muito tempo — repetiu Gräsler. E, sentindo a necessidade de expressar sua posição a respeito do assunto em palavras breves e definitivas, ele acrescentou: — Naturalmente entendi bem por que vocês não se casaram, depois da leitura das cartas.

Böhlinger olhou-o como se não o tivesse compreendido. Mas em seguida, retorcendo o canto da boca, disse:

— Ah, sim... Tu pensas que foi... porque ela... me traiu. É assim que a gente chama a isso. Deus do céu, as histórias que a gente não inventa e imagina em anos mais jovens. Na verdade, ela apenas traiu a si mesma e eu... a mim! Sim, sobretudo isso. Mas que fazer, agora é tarde demais.

E ambos ficaram em silêncio por alguns instantes.

— Já faz muito tempo — disse Gräsler em seguida, mas como se falasse das profundezas de seu sono. Pois uma palidez profunda tomara conta dele de repente, e as pálpebras caíram sobre seus olhos. Mas logo ele despertou, assustado, já que Böhlinger o pegara pelas mãos, prometendo-lhe com carinho passar o resto da noite, que aliás ia bem avançada, junto dele. Sim, ele prontificou-se a colocar a própria cama à disposição do amigo. Mas Gräsler preferiu, vestido como estava, deitar-se no divã, no escritório tomado pela fumaça, onde em pouco caía em sono profundo.

Böhlinger estendeu uma coberta sobre ele, em seguida abriu as duas janelas por alguns instantes, colocou seus papéis em ordem, voltou a trancar as janelas e deixou o amigo só, a descansar.

Quando Gräsler despertou, Böhlinger se encontrava em pé ao lado dele, animado e sorridente:

— Bom dia — disse ele com um olhar bondoso... Como se fosse um médico, pensou Gräsler, que via uma criança doente despertar de um sono convalescente. Um sol gelado de outono lançava seus raios quarto adentro. Gräsler sentiu que devia ter dormido por muito tempo e perguntou:

— Mas que horas são? — Foi então que os sinos do meio-dia começaram a badalar.

Gräsler levantou-se e estendeu a mão ao amigo.

— Eu te agradeço pela tua hospitalidade. Mas agora é hora de ir para casa.

— Eu te acompanho — disse Böhlinger —, é domingo, e eu não tenho nada a fazer no meu gabinete. Mas antes de tudo tomarás teu café da manhã, e também já preparei um banho para ti.

Gräsler aceitou tudo, agradecido. Depois do banho, que o renovou bastante, ele foi à sala de jantar, onde o café da manhã já o esperava.

Böhlinger sentou a seu lado, serviu-o, e enquanto isso seguia tagarelando — na nítida intenção de não deixar o amigo chegar a pensamentos tristes — a respeito das novidades políticas e citadinas. O que importa o mundo para mim, pensou Gräsler, o Estado, as pessoas? Sim, se fosse possível despertar Sabine para a vida de novo... Ele se corrigiu de imediato, internamente... Katharina! A outra ainda está viva... de certa maneira. Sorriu, e nem mesmo ele soube direito por quê.

Os amigos deixaram a casa; passantes endomingados davam vida às ruas, e Böhlinger tinha muitas pessoas a cumprimentar. Eles passaram pela loja de luvas da Wilhelmstrasse. Gräsler contemplou as persianas abaixadas com hostilidade e pavor. Enfim chegaram em frente à casa em que Gräsler morava.

— Se não te opuseres, acompanho-te até em cima — disse Böhlinger.

Nesse instante saiu pela porta uma dama bela e roliça, vestida decentemente em luto, cuja seriedade era um pouco amenizada por um chapéu agitado com graça e jovialidade; ela conduzia uma menina de pouca idade pela mão, e seus olhos se iluminaram surpreendidos ao constatar a presença do doutor.

— Olha só quem vem ali — disse ela, em voz alta e alegre, para a pequena.

Mas os olhos de Gräsler se arregalaram, como que horrorizados, quando reconheceu a senhora Sommer; à criança, ele dirigiu um olhar rápido, mas completamente descontrolado, cheio de ódio; e, esquecendo-se de qualquer cumprimento, passou pela mãe e pela criança chegando ao portão.

Böhlinger percebeu, no entanto, que a mulher, sempre segurando a pequena pela mão, ficara parada e olhava para o amigo manifestando incompreensão e até mesmo desespero. Com um balançar de cabeça insatisfeito, ele seguiu Gräsler pela escada, decidido a fazer uma pergunta; mal a porta se fechara atrás deles, porém, Gräsler já cuspia as palavras:

— Era essa a criança. Era essa a mãe com sua criança. Essa criança é que é a culpada! Katharina teve de morrer e a essa criança eu restituí a saúde...

— Não se pode, por certo, falar de culpa nesse caso — replicou Böhlinger. — Por mais lamentável que a coisa possa parecer, a criança obviamente não tem nada a ver com isso... E muito menos a mãe! Ela nem sequer entendeu teu comportamento, eu garanto.

— Ela também não sabe o que aconteceu — disse Gräsler.

— Tu cravaste os olhos nela como se ela fosse um fantasma. E a pobre criança...! Tinhas de ver o rosto da mãe. Ela estava morta de susto.

— Lamento. Mas ela haverá de se controlar. Quando tiver oportunidade, esclareço tudo a ela.

— Acho bom que o faças. — E em uma voz desmedidamente mais alegre, ele acrescentou: — Sobretudo na medida em que se trata de uma mulherzinha bem bonita e apetitosa.

Gräsler franziu a testa e fez um gesto defensivo com a mão. Em seguida pediu desculpas a Böhlinger, dizendo que apenas tinha de dar uma olhada no correio dos últimos dias, coisa que ainda não fizera. Ele não conseguiu reprimir uma leve esperança de que Sabine poderia chamar por ele, embora soubesse do absurdo representado por tais pensamentos. Não havia chegado uma linha da parte dela, nem nada de importante.

Em seguida, foi com Böhlinger a um restaurante e, durante o almoço, no lusco-fusco de um recanto cálido e aconchegante, na companhia de uma garrafa de excelente vinho renano, o amigo aconselhou-o a não se entregar a nenhuma dor infrutífera, mas sim a voltar tão cedo quanto possível a se ocupar de sua profissão.

Gräsler prometeu anunciar sua chegada a Lanzarote para o final do mês ainda naquele mesmo dia. Ele estava convencido de que seria bem recebido. Mais tarde, quando tomavam café e fumavam charuto, falaram de Friederike. O irmão, enquanto Böhlinger ouvia de olhos semicerrados, lançando a fumaça com vagar a sua volta, fez-lhe um necrológio comovido, louvou seus cuidados e sua fidelidade... Sim, ele inclusive achava possível que quando mandara renovar seu velho quarto, aqui na cidade, ela já não pensava mais em si mesma, mas sim — cheia de bondade e intuição, e se autossacrificando — em um outro ser feminino qualquer, uma mulher que estava destinada a se tornar amante e companheira do irmão a um só tempo.

Böhlinger apenas anuía; por vezes olhava para o velho amigo, que jamais vira tão falador, com uma surpresa não de todo livre de piedade, para ao final parecer distraído e um tanto impaciente; e, levantando-se de repente, o advogado despediu-se com rapidez, com a desculpa de que lamentavelmente já tinha um compromisso para a tardinha.

Gräsler passeou sozinho até sua casa.

Intranquilo, caminhava pelo escritório acima e abaixo, e sentia como sua angústia se transformava aos poucos em aborrecimento. Sentou-se à escrivaninha e comunicou à direção do hotel em Lanzarote que sua chegada deveria ser retardada em algumas semanas, mas que, em todo caso, esperava causar inconvenientes tanto menores à gerência, já que antes da metade, e inclusive do fim de novembro, a visitação da ilha de qualquer forma não costumava se mostrar assim tão grande.

Depois de terminar a carta, ele deu por encerrados os trabalhos do dia. Pegou o chapéu e a bengala, deixou sua casa mais uma vez, e quando passou em frente à porta da senhora Sommer, nas escadas, hesitou por um instante no princípio, mas em seguida tocou a campainha. Foi a própria dona da casa quem abriu. Ela o recebeu de maneira bem mais amável do que ele julgava poder esperar, inclusive com uma expressão de alegria.

Ele viera, conforme observou logo depois, a fim de esclarecer seu comportamento mais do que estranho, por volta do meio-dia. Mas a senhora Sommer provavelmente já ficara sabendo da grande desgraça que lhe acontecera... E assim talvez o perdoasse. Ela não sabia de nada, de nada mesmo, e pediu que ele se desse ao trabalho de acompanhá-la até a sala.

E lá ele contou a ela que sua querida amiguinha, a mesma que ela poucas semanas antes ainda vira no roupão chinês com o dragão bordado em ouro, nas escadarias, havia falecido depois de uma doença que veio a durar poucos dias. E só depois da pergunta compassiva da senhora Sommer ele esclareceu que uma febre escarlate das mais traiçoeiras havia levado consigo a jovem criatura. Aliás havia vários casos na cidade, e já se podia, inclusive, falar em epidemia. E alguma relação entre a doença de sua amiga e o caso da pequena Fanny era, pois, tanto menos provável, já que a escarlatina da criança havia sido curada com tanta facilidade que ele quase era obrigado a duvidar do acerto de sua diagnose. E ele tomou a criança, que acabava de chegar correndo até eles, entre os joelhos, acariciou os cachos de seus cabelos e beijou-a na testa. Em seguida chorou baixinho, retirado em si mesmo, e quando voltou a levantar a vista percebeu lágrimas nos olhos da jovem mulher.

No dia seguinte, ele visitou o túmulo de Katharina, sobre o qual ainda jaziam algumas coroas modestas. A senhora Sommer o acompanhara ao cemitério, junto da criança; e enquanto Gräsler estava parado ali, mudo e de cabeça baixa, e a senhora Sommer contemplava as dedicatórias das fitas, a pequena mantinha suas mãozinhas unidas em uma oração silenciosa. No caminho da volta, pararam no confeiteiro por alguns instantes, e Fanny voltou para casa com uma grande caixa de bombons.

De então em diante, a senhora Sommer passou a cuidar do solteirão solitário manifestando uma bondade cheia de discrição; ele passava várias horas, em particular à noite, na casa dela, e levava para a pequena, da qual gostava cada vez mais, todo o tipo de brinquedos, entre eles animais selvagens feitos de madeira e papelão, a respeito dos quais tinha de, além disso, contar histórias, como se eles fossem bestas de verdade, transformadas em brinquedos inofensivos.

A senhora Sommer se mostrava, em palavras e olhares, dia a dia mais agradecida por todo o amor e por toda a bondade que o senhor doutor demonstrava com sua filha, órfã de pai.

Não havia passado um mês desde a morte de Katharina, quando o doutor Gräsler desembarcou na ilha de Lanzarote, junto da senhora Sommer — que, aliás, desde o dia em que haviam partido passara a se chamar senhora Gräsler

— e da pequena Fanny. O diretor estava parado sobre a ponte de desembarque, sem chapéu como de costume, e seu cabelo castanho penteado liso mal se movia, apesar do vento litorâneo.

— Bem-vindo, querido doutor — assim ele cumprimentou aquele que chegava, com seu sotaque americano, que já nos anos anteriores tinha um efeito tão desagradável sobre o doutor Gräsler. — Bem-vindo! O senhor demorou um pouco, mas nós ficamos tanto mais contentes por voltar a tê-lo aqui. A casa com certeza está pronta para recebê-lo, e eu espero que também a amável senhora se sinta bem aqui conosco. — Ele beijou a mão da mulher e acariciou as faces da criança.

O ar estava maravilhosamente ensolarado, como se fosse um dia de verão, e todos foram em direção ao hotel, que rebrilhava, branco, ao encontro deles; à frente, o diretor e a jovem mulher, em conversa animada; atrás deles, o doutor Gräsler e a pequena Fanny, em um vestido de linho branco algo amarrotado e com uma fita de seda branca nos cachos negros. Gräsler segurava a mãozinha mole da criança com a sua, e disse:

— Estás vendo aquela casinha branca, que tem todas as janelas abertas? Lá tu vais morar, e atrás dela, isso naturalmente não podes ver daqui, há um jardim com árvores muito estranhas, diferentes, que jamais viste... E embaixo delas tu vais brincar; e enquanto em outros lugares a neve estiver caindo e as pessoas passando frio, aqui o sol continuará brilhando, assim como hoje.

E ele continuou falando, sempre segurando na sua a mãozinha mole da menina, cuja pressão o deixava feliz, assim como nenhum outro toque jamais o deixara feliz um dia. A pequena, levantando os olhos curiosos para ele, ouvia-o, atenta.

Enquanto isso, o senhor diretor prosseguia em sua conversa com a jovem senhora:

— A temporada já está começando bem — observou ele. — O senhor seu esposo haverá de ficar bastante ocupado. No dia quatro do próximo mês, esperamos Sua Alteza o duque de Sigmaringen com esposa, crianças e comitiva... Nós temos aqui uma terra abençoada. Um pequeno paraíso. E, conforme diz o escritor Rüdenau-Hansen, um visitante regular de nossa ilha há 12 anos...

O vento, que ali na costa costumava soprar até mesmo nos dias mais calmos, levou embora as palavras seguintes e ainda muitas outras.

GLOSSÁRIO

Adelmann — Traduzido literalmente, o nome do mestre de obras significa "homem da nobreza".

Alster — Rio afluente do Elba, que desemboca na cidade de Hamburgo. Em alguma cidadezinha às margens do referido rio, nasceu o médico das termas.

Am Burggraben — A rua em que ficava a casa paterna do doutor Gräsler. "Junto ao fosso do burgo", traduzindo *ipsis verbis.*

Conselheiro honorário de saúde — *Sanitätsrat*, no original. Título honorífico concedido a médicos.

Duque de Sigmaringen — Algum membro da dinastia dos Sigmaringen, iniciada por um dos ramos da família alemã dos Hohenzollern, elevados à dignidade principesca em 1623; a dinastia teve suas possessões cedidas à Prússia em 1849, quando Carlos Antônio renunciou a elas; manteve-se no poder na Romênia até 1945.

Eisenach — Cidade alemã fundada no século XII. Conserva importantes monumentos antigos e museus de Lutero, Bach e Wagner. A cidadezinha de águas termais em que o doutor Gräsler atua provavelmente se situa entre Berlim e Eisenach, em algum lugar da Saxônia ou da Saxônia-*Anhalt.*

Ems — Cidadezinha alemã, mais conhecida como Bad Ems, na Renânia-Palatinado. É uma das estações termais mais famosas da Alemanha, notável por suas águas minerais, com fontes mornas alcalino-muriáticas e gaseificadas, de 24° a 29° C, de propriedades curativas. Do sal das fontes são feitas as famosas "pastilhas de Ems", e a cidade já era colonizada no tempo dos romanos. Ems é cidade de águas termais desde o século XIV. Nessa cidade — ou em Wiesbaden —, Gräsler pretendia se tornar "conselheiro honorário de saúde" (VER).

Kleinmann — O nome do comerciante para quem trabalhava Katharina. Traduzindo: "homem pequeno".

Lago de Genebra — Ou *Lac Leman* (Lago Léman). Lago da fronteira franco-suíça, alimentado pelo rio Ródano. É ponto de atração turística, e várias cidades importantes — entre elas Lausanne, Genebra e Montreux — localizam-se às suas margens.

Lanzarote — Uma das ilhas Canárias. Conhecidas por gregos e romanos como as ilhas afortunadas, e mais tarde identificadas com os restos da mítica Atlântida — Lanzarote é referida como "pequeno paraíso" pelo doutor Gräsler —, as Canárias devem seu nome à abundância de cachorros (em latim, *canis*) observada em uma expedição de Plínio, o Velho. Situadas no oceano Atlântico, a pequena distância da costa da África, as ilhas Canárias pertencem à Espanha desde o fim do século XV.

Leão Prateado — *Silberner Löwe*, no original.

Lloyd — Famosa sociedade naval e de seguros que se ocupava sobretudo da classificação de navios, de transportes e seguros marítimos, segundo o modelo da Corporation of Lloyd's, uma associação de seguradores individuais da Inglaterra, que praticava sobretudo os seguros marítimos, inclusive na Bolsa. Recebeu o nome de Edward Lloyd, comerciante de café. Em 1871 foi reconhecida, formal e estatalmente, como corporação.

Pavilhão de bebidas — *Trinkhalle*, em alemão. Instalação típica das cidades termais. É lá que as pessoas se reúnem para gozar — oralmente — as benesses de uma estação termal, bebendo suas excelentes águas. O "pavilhão de bebidas" é também um lugar de encontro em sentido mais amplo.

Renânia (Vinho da) — Região histórica da Alemanha, dividida atualmente nos estados da Renânia do Norte-Vestfália, Renânia-Palatinado e Sarre. Desmilitarizada pelo Tratado de Versalhes, foi remilitarizada por Hitler em 1936. O vinho produzido às margens do Reno (daí o nome) é muito afamado na Alemanha, na Europa e inclusive fora dela.

Rüdenau-Hansen — Algum escritor ou muitíssimo obscuro ou inventado — em todo caso referido ironicamente — por Schnitzler.

Sankt Blasien — São Blásio, em português. Cidade termal no Estado de Baden-Württemberg, na parte sul da Floresta Negra.

Schleheim — Difícil identificar um significado escondido no sobrenome, talvez fortuito. Em todo o caso, *Schlehe* significa “abrunho” ou “abrunheiro”, conhecido também por “ameixeira-brava”. O arbusto é carregado de espinhos, flores brancas, e carrega frutas azuis-escuras, de sabor azedo. *Heim* significa “lar”.

Sommer, senhora — “Sommer” significa verão, em alemão; e isso certamente tem importância no encaminhamento da narrativa. Significativo é o fato de ela ser a única das mulheres que cercam o doutor Gräsler a não ter prenome.

Wiesbaden — Cidade e porto fluvial da Alemanha, capital do Estado de Hesse, às margens do rio Reno, na base sul do monte Taunus. A cidade é balneário desde a época romana e famosa por suas fontes termais.

Wilhelmstrasse — O endereço em que fica a loja de luvas na qual Katharina trabalha; “Rua Guilherme” (em português), conforme o nome de vários imperadores alemães, inclusive.

CRONOLOGIA RESUMIDA DE ARTHUR SCHNITZLER

1862 — Em 15 de maio, Arthur Schnitzler nasce na cidade de Viena. Cercado de médicos por todos os lados, Schnitzler é filho de Johann Schnitzler (1835-1893), judeu, renomado médico e professor universitário, e de Louise Schnitzler (1838-1911), também filha de um médico judeu de renome. Em 1865, nasce o irmão de Arthur, Julius Schnitzler, que viria a se tornar médico, e em 1867 a irmã Gisela, que viria a se casar com um médico.

1871 — Schnitzler frequenta o Ginásio Acadêmico em Viena até 1879. Já com 9 anos, escreve seus primeiros esboços de dramas.

1879 — A partir do outono, ou seja, no último semestre do ano, começa seus estudos de Medicina, sempre na cidade de Viena. Apaixona-se juvenilmente por Franziska Reich.

1880 — Primeiras publicações: *A canção de amor da bailarina* (*Liebeslied der Ballerine*) e "Sobre o Patriotismo", ensaio, em um jornal de Munique.

1882 — Schnitzler serve voluntariamente por um ano em um hospital de guarnição. Ocupa seu tempo livre em jogos de bilhar, cartas e dominó nos cafés de Viena.

1883 — Depois de ser aprovado na prova de oficial, volta à condição de civil.

1885 — É promovido (grau de doutor) Dr. med. em 30 de maio. Viaja a Milão. A partir de setembro; torna-se médico assistente no Hospital Geral e a partir de outubro no Setor de Patologias Nervosas da Policlínica. Começa a troca de correspondências com Theodor Herzl, um dos grandes nomes do judaísmo mundial.

1886 — Passa a trabalhar no setor psiquiátrico junto ao médico Theodor Meynert. Publica várias poesias e textos curtos em prosa em diversos jornais e revistas. Em Meran, para onde viaja depois de uma suspeita de tuberculose, conhece a taverneira Olga Waissnix — bem mais velha do que ele e casada —, sua primeira grande paixão.

1887 — Schnitzler torna-se redator de *Panorama Clínico Internacional*, revista fundada por seu pai. Começa um relacionamento com Jeanette Heger, uma "doce moça" (*süsses Mädel*) dos arredores da cidade. Schnitzler imortalizaria a "doce moça" como "tipo" em sua obra, principalmente na teatral.

1888 — Faz viagens de estudo a Londres e Berlim. Publica a comédia *A aventura de sua vida* (*Das Abenteuer seines Lebens*), e a obra é impregnada pela experiência pessoal do autor, coisa que se tornaria característica. Sua vida amorosa segue intensa. Aplica medicinalmente a sugestão e a hipnose trabalhando na clínica de seu pai.

1889 — Início da relação com a atriz Marie Glümer, a Mizi. Segue publicando contos intensamente e trabalhando em peças teatrais.

1890 — Inicia a participação no círculo literário *Jung Wien* que se encontra no famoso Café Griensteidl e conhece, entre outros, os escritores Hugo von Hofmannstahl, Felix Salten, Richard Beer-Hofmann e Hermann Bahr.

1891 — Estreia da peça *A aventura de sua vida*, em Viena. Schnitzler anota em seu diário: "Começa o reconhecimento literário." A fama, no entanto, estava longe.

1892 — Viaja a Veneza. Publica o conto "O filho: das anotações de um médico" (*Der Sohn: Aus den Papieren eines Arztes*), base de seu futuro romance *Therese — Crônica de uma vida de mulher*.

1893 — Morte do pai. Schnitzler abre um consultório privado. Segue em suas aventuras amorosas e é traído por Mizi Glümer. A experiência choca-o profundamente. Schnitzler aprende a andar de bicicleta e o esporte torna-se uma das grandes paixões de sua vida.

1894 — A professora de canto Marie Reinhard (Mizi II) aparece na vida de Schnitzler. O autor segue publicando. Entre outros, é publicada a narrativa *Morrer* (*Sterben*), uma de suas obras-primas no gênero da narrativa breve. Com ela, Schnitzler garante toda a sua obra, inclusive a posterior, junto ao conhecido editor Samuel Fischer. Schnitzler alcança, depois de muito tempo, a fama. E de então em diante essa fama só faria crescer.

1896 — O crítico vienense Karl Kraus abre fogo contra o movimento *Jung Wien*, apontando — entre outras coisas — a superficialidade dos dândis literários. Schnitzler viaja à Escandinávia e visita e conhece Henrik Ibsen, em Christiania.

1898 — No verão, o autor faz um *tour* de bicicleta através da Áustria, da Suíça e do norte da Itália. Publica a peça O *legado* (*Das Vermächtnis*).

1899 — Marie Reinhard — que havia perdido um filho, nascido morto, dois anos antes — falece em 18 de março. Em julho, o autor conhece a jovem atriz Olga Gussmann (1882-1970), sua futura esposa. Em 27 de março recebe o Prêmio Bauernfeld por sua obra contística e dramatúrgica.

1900 — Segue publicando. Aparece, entre outros, o conto "Tenente Gustl" (*Leutnant Gustl*), talvez a mais conhecida de suas obras no gênero; com ela, Schnitzler traz o monólogo interior para o âmbito da literatura alemã, concedendo à mesma um verdadeiro divisor de águas. O manuscrito de *Ciranda* (*Reigen*, cujo título mais conhecido talvez seja *Ronda*), uma de suas peças mais famosas, é impresso e distribuído a amigos com dinheiro do próprio bolso. Proibida pela censura, a peça foi transformada em filme de sucesso por Max Ophüls em 1950, com o título *La ronde*.

1901 — Devido ao impacto causado pela narrativa *O tenente Gustl*, o título de oficial que Schnitzler possuía é cassado. Publica a novela-romance *A senhora Berta Garlan*, entre outros.

1902 — Em 9 de agosto nasce Heinrich, seu filho. Olga Gussmann já havia perdido um filho seu, um ano antes. Conhece o escritor alemão Gerhardt Hauptmann. Segue publicando intensamente.

1903 — Volta a receber o Prêmio Bauernfeld pelo ciclo *Horas vivas* (*Lebendige Stunden*), série de peças teatrais em um ato. Schnitzler casa-se em 26 de agosto com Olga Gussmann, a mãe de seu filho Heinrich.

1904 — Estreia da peça *O caminho solitário* (*Der einsame Weg*). Viaja com Olga pela Itália, passando por Roma, Nápoles e pela Sicília.

1908 — Depois de continuar publicando regularmente, Schnitzler recebe o Prêmio Grillparzer pela comédia *Interlúdio* (*Zwischenspiel*), cuja estreia havia acontecido três anos antes. Publica seu primeiro romance, *O caminho para a liberdade* (*Der Weg ins Freie*).

1909 — Nasce sua filha Lili, em 13 de setembro.

1911 — Falece sua mãe, em 9 de setembro. Estreia simultânea da tragicomédia *Das weite Land* (de título intraduzível em sua multissignificação, algo como *A vasta terra*), uma das mais conhecidas dentre suas obras, em vários teatros da Áustria e da Alemanha. Publica vários contos, entre eles "O assassino" (*Der Mörder*) e "O diário da Redegonda" (*Das Tagebuch der Redegonda*), uma obra envolvida pelo mistério e certamente influenciada pelo grande mestre romântico E. T. A. Hoffmann.

1912 — Estreia da comédia de caracteres *Professor Bernhardi*. Em homenagem a seus 50 anos, a editora S. Fischer publica suas *Obras completas*, três volumes de narrativas e quatro volumes de peças teatrais. Schnitzler foge às festividades refugiando-se com a mulher em Veneza, onde vem a conhecer Rilke, com quem passa a manter correspondência.

1913 — Publica a novela *A senhora Beate e seu filho*. Um ano depois, recebe o Prêmio Raimund pela peça *O jovem Medardus*, chamado de "Hamlet austríaco", um pobre homem cujo único propósito é vencer Napoleão, mas que não tem mais do que "palavras tonitruantes" para alcançá-lo. Um ano depois estouraria a I Guerra Mundial e Schnitzler — ao contrário de muitos de seus contemporâneos — a veria desde logo como uma grande catástrofe.

1914 — Trabalha na escritura da novela *O médico das termas* (*Doutor Gräsler. Badearzt.*)

1918 — Depois do fim da guerra e do fim da censura, *Professor Bernhardi* estreia também na Áustria. Publica *O médico das termas*. Em 1991, a novela mereceria versão hollywoodiana, dirigida por Roberto Faenza, com música de Enio Morricone, Keith Carradine no papel do doutor Gräsler, Miranda Richardson no papel de Friederike Sommer e Kristin Scott Thomas no papel de Sabine Schleheim. Publica a novela *O retorno de Casanova* (*Casanovas Heimfahrt*). Olga, a esposa, sente-se tolhida em sua profissão pela fama do marido. A crise no casamento acentua-se e ela passa a ter uma relação com o jovem compositor Wilhelm Gross, que Schnitzler acolhera em sua casa. O autor continua envolvido em uma série de casos amorosos.

1921 — *Ciranda* é encenada pela primeira vez na Áustria. Depois de causar uma série de tumultos em Viena, a peça é proibida por um ano. Escândalo organizado por causa da peça também em Berlim. *Anatol*, série de peças em um ato nas quais o autor trabalhara por vários anos, aparece como filme mudo nos Estados Unidos. Separa-se da esposa. O filho Heinrich, então com 18 anos, segue seu próprio caminho. Lili, a filha muito amada, fica com Schnitzler.

1922 — Sigmund Freud escreve ao autor, lembrando a passagem de seus 60 anos. Acontece o primeiro encontro fechado e mais longo entre o autor e o pai da psicanálise. Um ano depois, *O jovem Medardus* também ganha versão cinematográfica.

1924 — Publica a novela *Senhorita Else* (*Fräulein Else*).

1925 — Publica a novela *A mulher do juiz* (*Die Frau des Richters*) e *Breve romance de sonho* (*Traumnovelle*), base para o filme *De olhos bem fechados*, de Stanley Kubrick.

1926 — Último encontro com Freud em Berlim. Publica a novela *Jogo ao romper da aurora* (*Spiel im Morgengrauen*), traduzida no Brasil com o título de Aurora.

1928 — Publicação do romance *Crônica de uma vida de mulher* (*Therese: Chronik eines Frauenlebens*) em primeira edição de 30 mil exemplares, coisa que era espetacular para a época. A obra também foi publicada na coleção Grandes Traduções da Editora Record. A filha Lili, casada com um oficial fascista italiano, suicida-se em Veneza. Schnitzler sente-se mortalmente golpeado e diz que sua vida chegara ao fim. Em seguida, apaixona-se por sua tradutora, 36 anos mais jovem, Susanne Clauser.

1929 — *Senhorita Else* ganha versão cinematográfica em Berlim.

1931 — Em 21 de outubro Schnitzler falece, aos 69 anos, em Viena, depois de um ataque cerebral.

O médico das termas é mais um exemplar característico da maestria de Arthur Schnitzler (1862-1931) no esquadrinhamento da alma humana; uma novela pontilhada de tragédias, na qual até a dor é dissecada com a frieza e a segurança do bisturi metafísico do autor. Se em *Crônica de uma vida de mulher* Schnitzler, esse irmão gêmeo de Sigmund Freud,* disseca a vida exterior e interior de Therese Fabiani, uma jovem austríaca de família decadente e destino ingrato, em *O médico das termas* o objeto de sua análise é o doutor Emil Gräsler, personagem que com sua profissão dá título à novela.

Assim como já acontecera com Therese, o doutor Gräsler é apenas o ponto de partida para avanços mais abrangentes no terreno da psicologia, e prova mais uma vez que o autor vienense escreveu novelas que podem ser lidas como relatos de casos clínicos, assim como o pai da psicanálise relatou casos clínicos que podem ser lidos como novelas. O fascínio do abismo, o detalhismo descritivo, a suma importância do miúdo: tudo aparece. A batalha do amor, seus avanços e recuos, suas retiradas

* O leitor poderá ler mais sobre a "íntima" relação existente entre Arthur Schnitzler e Sigmund Freud, assim como a respeito da vida e da obra do autor, no prefácio ao romance *Crônica de uma vida de mulher*, publicado na coleção Grandes Traduções, desta mesma editora.

estratégicas; a eterna insatisfação com o próprio jardim; a sensação do irremediável; o sentimento imponderável, que de repente transforma a alegria em vazio: tudo é apresentado.

Nada é esquecido, tudo é perfeitamente descrito. O detalhe inicial clama por significado, e volta a cobrar importância no decorrer da narrativa. E, no final das contas, descobre-se que o "eu" humano nada mais é do que um ser diferente e novo a cada instante, formado a partir de um sem-número de sensações e tendências fugidias e momentâneas.

Schnitzler começou a escrever *O médico das termas* em janeiro de 1911 e o terminou em 21 de junho do mesmo ano. Retomou a obra a partir de janeiro de 1914, e concluiu uma segunda em 8 de novembro de 1914. Ele mesmo diria sobre a narrativa, em uma anotação do diário: "Uma bela novela, no começo um tanto penosa, mas logo em seguida bem encantadora."* Um juízo a princípio um pouco negativo, que provavelmente o motivou a voltar à obra mais uma vez em 1917, a fim de publicá-la em seguida no *Berliner Tageblatt* como folhetim, entre 10 de fevereiro e 18 de março de 1918. Todo esse manejo continuado do buril acabou se mostrando eficaz e resultou em uma novela cuja linguagem é ainda mais trabalhada e ainda mais precisa do que em algumas das obras anteriores do autor; tanto que cada frase de *O médico das termas* parece já ter nascido pronta no recorte nobre da verve schnitzleriana.

A capacidade cinematográfica de Schnitzler, que teve várias de suas obras adaptadas à tela, também é referendada mais uma vez. Além de uma adaptação hollywoodiana mais antiga,

---

* Arthur Schnitzler: *Diários* (Tagebuch, 1913-1916), Viena, 1983, p. 148.

O médico das termas mereceu nova versão em 1991, dirigida por Roberto Faenza, com música de Ennio Morricone, Keith Carradine no papel do doutor Gräsler, Miranda Richardson no papel de Friederike Sommer e Kristin Scott Thomas no papel de Sabine Schleheim.

O personagem central

O caráter do doutor Emil Gräsler, 48 anos, que no princípio da novela volta de uma estada em Lanzarote onde uma tragédia o abate, também é delineado com uma minúcia impressionante: seu egoísmo monstruoso, a indiferença brutal em relação aos sentimentos alheios mais profundos, o medo patológico de tomar uma decisão e a insegurança em relação a si mesmo. A incerteza paira sobre todas as ações do doutor Gräsler, homem fraco, solteirão que sente o peso da velhice — instrumentalizada a ponto de virar desculpa e válvula de escape para justificar seu complexo de inferioridade e sua inaptidão —, e de repente é obrigado a botar sua vida em pé, a segurar as rédeas de sua existência depois de ficar sozinho, definitivamente sozinho.

Se no começo até se mostra humano, um tantinho humano de quando em vez, o doutor Gräsler se torna pouco a pouco mais paranoico, volúvel, leviano, quase maquiavélico — pretensamente maquiavélico — aqui, fingido até o fim do mundo ali, e cada vez mais incapaz de tomar uma decisão mais séria. Apartado do mundo real, ele vê tudo errado, distorcido, confunde as coisas, inventa subterfúgios, imagina fatos. Em dado momento, chega a dizer que sua amada Sabine o chamou de "filisteu", quando isso na verdade jamais aconteceu e é apenas o fruto espúrio de uma autocrítica que ele é incapaz de fazer voluntária e conscientemente.

O doutor Gräsler ainda tem a cara de pau de justificar sua fraqueza pela transcendência, comportamento aliás típico dessa espécie de caráter. Coloca o poder das decisões que ele mesmo tem de tomar nas mãos de uma instância maior, exterior, absolutamente indefinida, praticando a política do adiamento em relação à própria vida e fugindo às responsabilidades acerca de si mesmo. Inclusive as razões da insatisfação — sempre momentânea e fugidia — consigo mesmo são buscadas no mundo exterior, nos outros, nos quais o doutor Gräsler está constantemente pronto a ver a culpa pelos seus próprios fracassos.

Seguindo à risca as normas do comportamento característico que o define, o doutor Gräsler, quando adentra uma porta, sempre a deixa aberta, a fim de facilitar uma fuga eventual no futuro. E quando foge, também cuida para deixar a porta apenas encostada, a fim de poder voltar mais tarde. Sua vilania se mostra tão grande que ele não consegue deixar de — no lugar mais recôndito de sua alma — avaliar os lucros e criticar os prejuízos que o suicídio de uma pessoa próxima vem a lhe causar. Mesmo assim, o doutor Gräsler desrespeita a memória e o último desejo da falecida e — desapiedado, curioso e quase cruel — lê cartas que desvendam aos poucos os detalhes mais importantes de uma vida intrigante. E de quebra se sente traído quando descobre que esta vida foi bem diferente do que ele imaginara.

O doutor Gräsler também se curva diante dos mais fortes e sabe ser humilde quando está com alguém superior. Pensa que é esperto, e até bom, em seus meneios, em suas fugas.

Quer "evitar" que os outros sofram com elas, quando os mesmos já entenderam sua tática há muito tempo e responderam a ela com mais um gesto de carinho, que o comove, até faz com que ele se repreenda por um momento, para logo em seguida afastá-lo ainda mais. A dúvida é sua única constância. Ele sempre "acredita" ter acertado, "acredita" estar pronto, "acredita" ter descoberto o que a outra pensava, "acha" que agiu corretamente, "pensa" que acertou em cheio. Nem mesmo a morte o abala a ponto de fazer com que mude de atitude, com que tome uma decisão verdadeiramente revolucionária acerca de sua vida miserável.

As mulheres

São três — na verdade quatro — as mulheres que rondam o destino do doutor Gräsler. A primeira delas é Friederike, a irmã solteirona, sua governanta e um verdadeiro enigma, uma personagem característica da ficção de Schnitzler; a segunda é Sabine, filha de um velho ator aposentado, e representa uma grande chance para o amor na vida de Gräsler; a terceira é Katharina, a *süsses Mädel*, a doce moça do subúrbio, outra personagem característica da obra de Arthur Schnitzler, com quem o doutor praticamente afoga suas mágoas sem saber ao certo, como sempre, em que medida a ama ou amou algum dia. A quarta é quase um acaso, porém decisivo...

Se Sabine é um caráter forte, uma verdadeira santa emancipada — que chega a impor medo no doutor por reivindicar indiretamente uma relação em que homem e mulher estejam no mesmo nível —, e serve de contraste à fraqueza de Gräsler, Katharina é a já referida doce moça suburbana que não impõe exigências de nenhuma espécie, não ameaça sua individualidade débil, não o obriga a decisões. A conquista de uma é sempre a certeza de que a outra é que é a certa, a recusa da outra é a certeza — birrenta, amuada, vingativa e infantil — de que a uma é que é a correta.

E a "definitiva" é um acaso...

O doutor Gräsler sempre escolhe o caminho que lhe oferece a menor resistência, a estrada mais fácil. A ausência de vontade própria, e uma existência conduzida segundo a lei do menor esforço, da mínima responsabilidade, fazem do doutor Gräsler um Jeca Tatu moral; europeu, burguês e culto, mas filisteu, conforme ele próprio — e não Sabine — constatou.

Ao final das contas, a individualidade do doutor Gräsler é tão precária que seu "destino" é sinalizado pelas condições do tempo, em um mote narrativo conduzido com brilhantismo por Schnitzler. E o vento brando que principia a narrativa também a encerra, confirmando o presságio de um amigo acerca da solidão do doutor Gräsler. E assim o final aponta ironicamente para o início da narrativa — e sua felicidade aparente também pode ser prenhe da baba de Caim, conforme diria o velho Machado de Assis —, caracterizando um círculo perfeito, coisa que aliás também é típica da genialidade novelística de Schnitzler.

A distância irônica entre a objetividade do narrador e a visão subjetiva do protagonista dá carga satírica à obra. O aspecto duplo resultante desse contraste relativiza o absolutismo dos pontos de vista individuais, fingindo dar ao leitor o poder da decisão a respeito do caráter do personagem, desmascarado pouco a pouco.

No final, o doutor Gräsler parece aprender com a tragédia, revelando uma "formação" ao longo da novela, uma "evolução" de caráter. Mas o indício não é, nem de longe, muito confiável, apesar da cena idílica e familiar, do sol que brilha, da brisa que sopra, da harmonia paradisíaca da ilha de Lanzarote. Nesse sentido, aliás, o personagem se mostra bem menos incurável do que o "nobre" Georg von Wergenthin, personagem central de *O caminho para a liberdade*, a mais importante e mais volumosa das obras narrativas de Schnitzler.* Mas convém lembrar que a opção do doutor Gräsler, mais uma vez, não deixa de ser confortável. A senhora Sommer o livra até de constituir família, já que vem para a união trazendo uma filha.

O amor pelo detalhe

A já referida importância do detalhe aparece em cada uma das páginas de *O médico das termas*.

Quando alguém diz que outro personagem "já" está com 52 anos, por exemplo, o doutor Gräsler, um homem que sofre com sua idade um tanto avançada, franze a testa involuntariamente e de imediato se faz frio, quase agressivo e até vingativo no que diz. Sinaliza sutilmente para o complexo de inferioridade que a própria "velhice" lhe provoca, embora não abra mão de olhar sempre para as mulheres mais jovens e ficar encantado com elas.

* Já publicado na coleção *As Grandes Obras de Arthur Schnitzler*.

Os fundamentos da psicanálise são revelados em vários momentos. Em um dos mais claros, o doutor Gräsler conversa com o pai de Sabine e diz que este, um homem alquebrado, que foi obrigado a largar uma carreira de extremo brilho, para a qual não encontrou compensação suficiente "nem na vida caseira e no amor aos seus, nem na própria riqueza interior", se sentia bem apenas por poder, "pelo menos uma vez, dar vazão à sua alma na conversa com alguém". O mesmo acontece na descrição perfeita, apesar de breve, de um dos sonhos do doutor Gräsler, perto do final da novela.

O mundo moderno irrompe em todo o seu vigor aqui e ali, mostrando no entorno social e econômico algumas razões para a dissolução paulatina do "eu". A chegada recente da luz elétrica é referida, e caixas automáticos passam a tomar o lugar do cobrador nos bondes. De forma mais abrangente, um pormenor aqui, outro ali revelam o crescimento das cidades e a formação dos subúrbios.

O cosmopolitismo da obra, o mundo que se abre cada vez mais à volúpia de veículos dia a dia mais velozes, faz com que, além dos Estados Unidos e da Austrália, o Brasil distante seja referido outra vez em *O médico das termas*. Como acontece também em *Crônica de uma vida de mulher*, é a calidez do Rio de Janeiro que é lembrada por Schnitzler, na figura da viúva de um engenheiro — e mais uma vez a lembrança de Machado de Assis é quase obrigatória —, que viajava no vapor em que o doutor Gräsler fazia as vezes de médico de bordo. A mulher deixou o navio em Lisboa, alegando ir fazer compras na cidade, e, apesar de ter um bilhete válido até Hamburgo, jamais retornou a bordo porque se envolveu numa aventura com o doutor.

Um nome estranho e um mundo mágico e interessante

Gräsler é um nome que soa estranho em alemão. Pronuncia-se "Grééslа(r)", e "Gräsler" parece derivar de "Gras" (grama, capim) e lembra, etimológica e sonoramente, um ser que se move sorrateiramente pela grama — como a cobra escondida na relva, desencavada pela metáfora do poeta —, e portanto tem tudo a ver com o personagem. Gräsler soa mais ou menos como "Grameiro" soaria em português. Bem indireta e muito especulativamente, o nome lembra ainda — por assonância — "*grässlich*", adjetivo que significa "horrível, terrível, medonho".

O doutor Gräsler é "médico das termas", em alemão Badearzt. A profissão de "médico das termas" é comuníssima na Europa, sobretudo na Europa de fala alemã. Conforme fica claro na novela — inclusive no complexo de inferiorida de manifestado pelo doutor Gräsler em um sem-número de ocasiões —, a profissão não alcançava, nem alcança, a respeitabilidade obtida por outras áreas da medicina. "Dá vontade de largar tudo e virar médico das termas!" é piada constante entre os estudantes de medicina, e inclusive médicos alemães, ainda hoje, quando as dificuldades dos estudos e da profissão se mostram maiores do que o esperado, ou desejado. Os médicos das termas são os cirurgiões-plásticos de antigamente, com a significativa vantagem de encararem um risco bem menor em suas intervenções; talvez os médicos de academia de hoje tenham mais ou menos o estatuto deles, ainda que a expectativa monetária do médico das termas provavelmente seja maior.

Narrativamente, a profissão define bem o primado da insuficiência e a força da inconstância, bem como a ausência de ligações de ordem mais profunda na vida do doutor Gräsler. O fato de ser médico das termas faz com que ele mude de um lugar para outro de meio em meio ano — sem aprofundar seus contatos de maneira mais séria —, não o obriga a decisões de caráter definitivo e permite a relativização das responsabilidades normalmente requeridas pela medicina. Tudo é fácil nessa profissão às margens do profissionalismo, que parece indicar de antemão, naqueles que optam por ela, uma tendência a assumir a medicina muito mais pelo lucro do que pelo amor, arrancando qualquer caráter de vocação normalmente apregoado a ela, resumindo-a ao trato confortável com uma clientela que paga bem no gozo de suas férias e de casos que normalmente são fáceis. Se a opção "médico de estação de cura" — ou "médico da estação de águas" — talvez fosse um pouco mais usual e mais clara em português, ela nem de longe soaria tão bem no título. Ademais, uma conhecida cidade termal brasileira — Santo Amaro da Imperatriz, em Santa Catarina —, que possui "águas termais", é conhecida nacionalmente como "Termas da Imperatriz", o que volta a dar caráter mais conhecido ao "médico das termas".

E se o doutor Gräsler é o médico das termas, a cidadezinha onde ele desenvolve suas atividades — *Badestadt* ou *Badestädtchen*, conforme o diminutivo, em alemão — é chamada aqui de "cidade(zinha) de águas termais". Mais do que simples estações de cura, ou estações de águas termais, há um sem-número de cidades inteiras que se estruturam como estações de água ou de cura, sobretudo no sul da Alemanha, na Suíça e na Áustria, com diferentes instalações e complexos criados em torno de uma fonte termal que dá fama à cidade. A tradição é antiquíssima. De modo que a opção preferencial por "cidade de águas termais", às vezes estação de águas, parece caracterizar melhor a abrangência do "negócio", do que as expressões brasileiras "estação de cura" ou "estância hidromineral", talvez mais usuais.

Além do mundo "termal" que peculiariza esta novela de Schnitzler, há nela elementos micrológicos que aparecem em toda a sua obra, como por exemplo a lâmpada de quebra-luz verde, um detalhe que já teve papel importante em outras narrativas. A mesma lâmpada ilumina — de maneira aliás fatal — a mesa de jogo da novela *Aurora*, por exemplo.

Sobre o glossário

Esclarecimentos acerca dos nomes mais importantes — e significativos, incluindo nomes de cidades, rios etc. — podem ser buscados no GLOSSÁRIO. No mesmo GLOSSÁRIO poderão ser encontradas explicações temáticas relativas a expressões típicas do universo peculiar desta novela de Schnitzler não esclarecidas antes, como "pavilhão de bebidas", "conselheiro honorário de saúde" etc., pouco usuais no Brasil.

O leitor encontrará também uma CRONOLOGIA RESUMIDA DE ARTHUR SCHNITZLER, que detalha os momentos mais importantes de sua vida e de sua obra.

SOBRE O TRADUTOR E ORGANIZADOR

Marcelo Backes é escritor, professor, tradutor e crítico literário. Mestre em Literatura Brasileira pela Universidade Federal do Rio Grande do Sul, doutorou-se aos 30 anos em Germanística e Romanística pela Universidade de Freiburg, na Alemanha, uma das mais tradicionais e antigas da Europa, a mesma em que Heidegger foi reitor.

Natural do interior de Campina das Missões, na hinterlândia gaúcha, Backes supervisionou a edição das obras de Karl Marx e Friedrich Engels pela Boitempo Editorial e colabora com diversos jornais e revistas no Brasil e na Alemanha. Backes já conferenciou nas Universidades de Viena, de Hamburgo e de Freiburg, em Berlim, Frankfurt e Leipzig, no Rio de Janeiro, em São Paulo, Fortaleza e Porto Alegre, entre outras cidades, debatendo temas das literaturas alemã e brasileira, da crítica literária e da tradução.

Backes é autor de *A arte do combate* (Boitempo Editorial, 2003) — uma espécie de história da literatura alemã focalizada na briga, no debate, no acinte e na sátira literária —, prefaciou e organizou mais de duas dezenas de livros e traduziu, na maior parte das vezes em edições comentadas, cerca de quinze clássicos alemães, entre eles obras de Goethe, Schiller, Heine, Marx, Kafka, Arthur Schnitzler e Bertolt Brecht; ultimamente, vem se ocupando também da literatura alemã contemporânea, e de autores como Ingo Schulze, Juli Zeh e Saša Stanišić, entre outros, que ele não apenas traduz, mas inclusive apresenta a editoras brasileiras, e depois prefacia e comenta em ensaios e aulas.

Entre 2003 e 2005, Marcelo Backes foi professor na Albert-Ludwigs-Universität em Freiburg, onde lecionou Teoria da Tradução e Literatura Brasileira. Atualmente, leciona em instituições de excelência como a Casa do Saber e o Cultural EMERJ, dando cursos livres e fazendo curadorias literárias.

Sua tese de doutorado, sobre o poeta alemão Heinrich Heine (*Lazarus über sich selbst: Heinrich Heine als Essayist in Versen*), foi publicada em 2004, na Alemanha. Em 2006, Backes publicou *Estilhaços* (Editora Record), uma coletânea de aforismos e epigramas, sua terceira obra individual e sua primeira aventura no âmbito da ficção. Em 2007 publicou o romance *maisquememória* (Editora Record), no qual adentra livremente o terreno antigo da narrativa de viagens, renovando-a com um tom picaresco de recorte ácido e vezo contemporâneo. O romance foi traduzido na República Tcheca pela prestigiosa editora Mladà Fronta. Em 2010 a mesma Editora Record publicou *Três traidores e uns outros*, um romance em quatro episódios. Backes também já foi publicado na França (ensaio), na Alemanha (tese) e na Espanha (poema).

Desde 2010, organiza, para a editora Civilização Brasileira, a coleção de clássicos *fanfarrões, libertinas & outros heróis*. No mesmo ano de 2010, foi Translator in Residence da Academia Europeia de Tradutores, a representação diplomática da entidade, por três meses, e ganhou um bolsa de escritor, também de três meses, da Akademie der Künste de Berlim, uma das casas mais importantes do mundo no gênero.

AS GRANDES OBRAS DE ARTHUR SCHNITZLER

VOLUMES JÁ PUBLICADOS:

O caminho para a liberdade (*romance*) — A obra ficcional mais volumosa, mais ambiciosa e mais autobiográfica de Arthur Schnitzler. Um dos grandes romances alemães da era burguesa. Além de constituir um panorama muito bem delineado da sociedade vienense no *fin de siècle*, o romance discute questões fundamentais como o judaísmo, invade escandalosamente o âmbito privado de algumas grandes personalidades da época e mostra uma percepção absolutamente moderna do que significa a vida em sociedade, apresentando uma série de personagens — entre eles Georg von Wergenthin, o personagem central – cujos comportamentos são vagos como o mundo.

PRÓXIMOS VOLUMES:

Uma juventude vienense (*autobiografia*) — Uma das autobiografias mais importantes de todos os tempos, que já assinala para a relevância que o gênero viria a adquirir várias décadas depois. Um documento central no sentido de compreender tanto uma época decisiva da história da humanidade, quanto a vida de um dos maiores autores da língua alemã.

O tenente Gustl (*novela*) — A primeira obra alemã construída exclusivamente sobre o monólogo interior, ou aquilo que a partir de James Joyce passaria a ser conhecido universalmente como fluxo de consciência (*stream of consciousness*). A novela do tenente Gustl escandalizou Viena e fez com que o autor tivesse seu título de oficial cassado pelos militares.

A senhora Berta Garlan (*novela/romance*) — A história de uma professora de piano de 32 anos, viúva, que decide ir em busca de seu grande amor da juventude. Uma obra que mostra mais uma vez como Schnitzler era capaz de compreender a alma feminina e emancipar a mulher em meio a suas lutas e desilusões.

Morrer (*novela*) — A obra que marcou a estreia de Schnitzler na prosa, e ao mesmo tempo lhe consagrou um sucesso que só viria a aumentar com o tempo. Felix, um jovem vienense, conta de sua vida e de seu amor por Marie, enquanto ambos (vida e amor) vão aceitando seu destino inescapável, marcado já no título da obra.

De Schnitzler leia também:

Crônica de uma vida de mulher (*romance*) — Publicado na coleção *Grandes Traduções* da Editora Record.

Este livro foi composto na tipologia Adobe Garamond Pro,
em corpo 11,5/15, impresso em papel off-white 80g/m²
no Sistema Cameron da Divisão Gráfica
da Distribuidora Record.